MORT DE PEUR

Biographie

R. L. Stine est né en 1943 à Colombus aux États-Unis. À ses débuts, il écrit des livres interactifs et des livres d'humour. Puis il devient l'auteur préféré des adolescents avec ses livres à suspense. Il reçoit plus de 400 lettres par semaine ! Il faut dire que, pour les distraire, il n'hésite pas à écrire des histoires plus fantastiques les unes que les autres. R. L. Stine habite New York avec son épouse, Jane, et leur fils, Matt.

Avis aux lecteurs

Vous êtes nombreux à écrire à l'auteur de la série Chair de poule et nous vous en remercions. Pour être sûrs que votre courrier arrive, adressez votre correspondance à :

Bayard Éditions
Série Chair de poule
3, rue Bayard
75008 Paris.

Nous transmettrons à R. L. Stine votre courrier.
Et bravo pour votre Passion de lire !

ILLUSTRATION DE COUVERTURE
JEAN-MICHEL NICOLLET

Chair de poule®

MORT DE PEUR

R. L. STINE

TRADUIT DE L'AMÉRICAIN
PAR SMAHANN BEN NOUNA

PASSION DE LIRE
BAYARD POCHE

Titre original
GOOSEBUMPS series 2000 n° 20
Be afraid, be very afraid !

Loi n° 49-956 du 16 juillet 1949
sur les publications destinées à la jeunesse
Dépôt légal novembre 2000

ISBN : 2 7470 0012 5
ISSN : 1264 6237

Avertissement

Que tu aimes déjà les livres ou que tu les découvres,
si tu as envie d'avoir peur, **Chair de poule** est pour toi.

Attention, lecteur !
Tu vas pénétrer dans un monde étrange
où le mystère et l'angoisse te donnent rendez-vous
pour te faire frissonner de peur... et de plaisir !

1

Je m'appelle Colin Buckley. On m'appelle le Roi du Mal.
Enfin... c'est une façon de parler. En réalité, c'est un rôle que je tiens dans un jeu.
Quel jeu ? J'en parlerai plus tard. Mais sachez une chose : dès lors qu'on choisit un personnage, on lui reste lié corps et âme, quoi qu'il arrive, c'est la règle. Donc, chaque carte tirée, chaque coup de dés risquent d'avoir des conséquences terribles.

Emily et moi n'y avions encore jamais joué. Pourtant, à peine avions-nous ouvert le paquet de cartes que nous étions déjà complètement accro. Mais nous ignorions à quel point il pouvait devenir réel.
Dangereux.
Je m'explique...

Mon amie Emily Zinman n'arrête pas de me dire :
– Lève le pied, Colin, ralentis. Respire un grand

coup et compte jusqu'à dix. T'as jamais essayé le décaféiné ?
Quoi, du café ? On ne boit pas de café à douze ans !
D'accord, j'ai de l'énergie à revendre. Je ne tiens jamais en place, je grimpe aux murs, je danse, je saute, je bavarde tout le temps…
Et alors ? Ce n'est pas moi, l'excité, ce sont les autres qui traînaillent, voilà tout.
En cette fin d'été, on s'ennuyait ferme, Emily et moi. De longues et chaudes journées à ne rien faire. Et dire que dans deux semaines, on allait reprendre les cours !
On avait fini tous nos devoirs, joué un million de fois à nos jeux vidéo. On avait survécu aux vacances en famille. On avait fait de la natation, du tennis, on avait rigolé avec les copains, fainéanté…
Et, maintenant, Emily et moi, on s'ennuyait, assis devant la maison sur l'érable fendu. L'an dernier, la foudre l'avait frappé en plein cœur, coupant le tronc en deux.
Les gens normaux l'auraient déraciné, puis débité en bûches. Pas mes parents. Ils ne sont pas comme les autres. Pour tout dire, ils sont architectes.
À leurs yeux, cet arbre frappé par la foudre était devenu une sorte de sculpture, d'œuvre d'art. C'est pourquoi ils l'avaient gardé. Ainsi, la pauvre carcasse s'était transformée en banc plutôt commode.
Emily et moi étions donc assis là. J'arrachais des touffes d'herbe que je jetais sur ma copine. Ce n'était pas très malin, d'accord, mais je ne parvenais pas à

rester tranquille. Il fallait que je m'occupe les mains. Soudain, je sentis une démangeaison à la nuque. J'en retirai une grosse fourmi noire.
Emily se mit à rire. C'était elle qui avait déposé la bestiole dans mon cou.
– Lâche-moi les sandales, Emily.
Ouais, on s'enquiquinait à en devenir idiots.
– Bon, je vais rentrer chez moi me faire des mèches, soupira-t-elle. J'ai envie d'un nouveau look pour la rentrée.
– T'as raison, t'as bien besoin de changer de tête.
Emily me répondit par une grimace.
Tout à coup, elle sauta sur ses pieds comme si elle avait vu le diable.
– Hé, regarde ! Qu'est-ce qu'il se passe, là-bas ?
Époussetant son short blanc, elle fit quelques pas sur la pelouse.
Je me relevai, moi aussi, me demandant ce qui avait attiré son attention. Au coin de la rue, un groupe de personnes s'étaient amassées devant une maison.
– On dirait une brocante, marmonnai-je.
C'était une habitude des habitants du quartier. De temps à autre ils gagnaient quelques sous en vidant leurs greniers.
– Quoi ? M. Croseri vendrait ses vieilleries ? s'exclama mon amie.
Oui, c'était plutôt bizarre. M. Croseri, l'homme le plus grognon du voisinage, était un grand solitaire et il haïssait les enfants.
L'automne dernier, j'avais frappé à la porte de sa

vieille baraque lugubre pour essayer de lui vendre quelques objets pour la caisse de bienfaisance de l'école. Il m'avait reçu en lâchant sur moi son gros berger allemand.
Heureusement que je cours comme un lièvre !
Que pouvait-il bien vendre, ce vieux grincheux ?
– Allons voir ! m'écriai-je.
Emily hésitait :
– Je... je n'aime pas cet homme. Il a été tellement méchant avec mes sœurs ! Il...
– Juste un coup d'œil ! Il vend probablement ses instruments de torture, ses fouets et ses tronçonneuses ! plaisantai-je.
Ça ne la fit pas rire, mais elle se décida tout de même à me suivre.
Quatre ou cinq voisins s'étaient rassemblés devant le garage ouvert. Ils fouillaient des cartons remplis de bric à brac.
Il n'y avait ni fouets ni tronçonneuses ni instruments de torture, juste les objets habituels : des vieux magazines de chasse et de pêche, une paire de chaussures démodées, des jumelles cassées, un cendrier en forme de coquillage...
Ennuyeux. Parfaitement rasoir.
– Combien ça coûte ? demanda une dame en tenant une peinture dans un cadre doré.
La toile représentait un bateau sur un coucher de soleil mauve.
– Vingt dollars, répondit M. Croseri.
Assis sur un fauteuil pliant près de la porte de son

garage, le propriétaire de ce fouillis se prélassait, les mains derrière la nuque. Son T-shirt rouge avait du mal à recouvrir son gros ventre.
Ses cheveux blancs étaient partagés en deux par une raie au milieu, et une curieuse moustache en pointe rebiquait de chaque côté de son visage rougeaud.
Mais c'était ses yeux qui me fichaient la trouille – des yeux froids, qui vous transperçaient comme une lame.
La dame reposa le tableau, et le cadre heurta la table.
– Si vous l'abîmez, vous le paierez, la prévint M. Croseri d'une voix hargneuse.
Puis il ricana.
Emily feuilletait un vieux bouquin de comptines pour enfant.
– Viens, Colin, on met les voiles, me chuchota-t-elle en m'entraînant vers la rue. Il n'y a que de la camelote.
J'allais la suivre quand une table un peu en retrait attira mon regard. Qu'y avait-il dessus ? On aurait dit des statuettes. Abandonnant mon amie, je pénétrai dans le garage pour regarder les figurines... Non, ce n'était pas des sculptures, mais de drôles de chandeliers en forme de dragons, d'elfes, de chevaliers, de monstres, sculptés dans un bois noir.
– Laisse tomber, c'est moche, murmura Emily, qui m'avait rejoint. Regarde celui-là !
Elle souleva avec dégoût une créature à queue de rat.
– Tout ton portrait, me moquai-je.

Emily ne trouva pas ça drôle.
– Hé, vous, les gosses ! nous interpella M. Croseri. N'essayez pas de me voler, hein !
Il s'était levé et nous surveillait d'un air soupçonneux, les mains sur les hanches.
Emily reposa immédiatement le chandelier sur la table.
– On… on ne vole rien, bredouilla-t-elle.
– On regarde, c'est tout, ajoutai-je.
– Il n'y a rien pour vous, ici, grogna le vieil homme. Rentrez chez vous jouer avec vos nounours !
Nos nounours ! Tous les visiteurs se tournèrent vers nous. Je ne savais plus où me mettre.
– On ne fait rien de mal ! protestai-je, rouge de honte.
– Je vous ai dit de ficher le camp, jeunes voyous !
Aussi raide que ses statuettes, il nous fixait de ses petits yeux malveillants.
– Allez, on s'en va, dit Emily. Il est dingue, ce type.
Je la suivis sous le regard désapprobateur des voisins. On se faufila entre les tables chargées de bibelots et détala au pas de course.
On ne ralentit qu'arrivés chez moi, dans la cour de derrière. J'ouvris la porte de la cuisine, et on se précipita à l'intérieur.
– Y a quelqu'un ? lançai-je.
Personne ne répondit. Mes parents n'étaient pas rentrés de promenade.
Encore tout essoufflé, je fourrai la main dans ma poche et jetai un objet sur la table de la cuisine.
– Qu'est-ce que c'est ? demanda Emily.

Je souris sans répondre.
– Colin, qu'est-ce que c'est que ce truc ?
Mon sourire s'élargit :
– Je l'ai volé.
Emily en resta bouche bée :
– Tu l'as… ?
– M. Croseri n'avait pas le droit de nous accuser ! me défendis-je. Il n'avait pas le droit de nous ridiculiser comme ça devant tous nos voisins ! Ça m'a mis en colère… Alors, j'ai pris ce truc sur une table avant de partir.
Emily, consternée, regardait la petite boîte rectangulaire :
– Qu'est-ce que c'est ? Bon sang, qu'as-tu volé, Colin ?

2

Je pris mon larcin et le lui lançai.

– Devine !

Emily tenta de le rattraper, le manqua, et il tomba sur le carrelage. Plongeant sous la table de la cuisine, je le ramassai.

– C'est un jeu de cartes, lui dis-je.

Elle me regarda d'un air interrogateur.

– Des cartes ? Pourquoi les as-tu volées ? Tu détestes jouer aux cartes !

Emily avait raison. C'était un jeu bien trop tranquille.

Je lus à haute voix :

MORT DE PEUR

Emily me regarda :

– Pardon ?

– C'est le nom du jeu. Mort de peur.

– Bizarre…, murmura-t-elle.

J'ouvris le paquet et en sortis les cartes :
– Regarde un peu ça !
Je les regardai rapidement. Elles représentaient des chevaliers masqués, des dragons, d'affreux petits hommes trapus au visage porcin, des mains diaboliques…
– Ces dessins sont bizarres, dis-je.
– Oui, on dirait des cartes anciennes, remarqua Emily. Elles ont peut-être beaucoup de valeur. Tu devrais les rendre à M. Croseri…
J'allais répliquer quand une voix, dehors, tonna :
– Préparez-vous à mourir !
Je sursautai et laissai tomber les cartes par terre. Comme je me baissais pour les ramasser, la porte de la cuisine s'ouvrit à la volée :
– Préparez-vous à mourir !

C'était notre copain, Carl Boots, un grand costaud qui adore faire peur à tout le monde. Il a notre âge, mais nous dépasse déjà d'une tête. Il déclare à qui veut l'entendre que sa voix a mué à l'âge de onze ans. Dès qu'il ouvre la bouche, il réussit toujours à nous flanquer la frousse !
– Quoi de neuf, mon pote ? demanda-t-il en m'observant. Qu'est-ce que tu fiches sous la table ? Tu cherches des miettes de pain pour ton goûter ?
– Des miettes ? dis-je en ramassant les cartes. Pourquoi je chercherais des miettes ?
– T'as l'air d'un pauvre chien affamé !
D'un bond, je me relevai :

– Je ne suis pas un chien !
– Je sais, je sais, ricana-t-il. Il y a une différence : mon chien est plus intelligent.
Emily gloussa. Évidemment, ça, ça l'amusait ! Je haussai les épaules :
– C'est un jeu de cartes.
– Colin l'a piqué, rapporta Emily.
Elle ne pouvait pas se taire, celle-là !
– Tu l'as volé ? dit Carl en levant un sourcil. « Mort de peur »... Ah, ouais, je connais...
– Tu connais ce jeu ?
Carl hocha la tête, ce qui fit retomber des mèches blondes sur ses yeux.
– Oui, j'y ai joué avec des copains de mon frère, des vieux, répondit-il en lissant ses cheveux. C'est un jeu de rôle. Vous n'en avez jamais entendu parler ? Il y a des rois méchants, des chevaliers, des dragons, et tout le bazar. Des tas de batailles, de la magie, de la sorcellerie... C'est super.
Il me prit les cartes des mains et se mit à les examiner une à une. Soudain, il s'arrêta, fixant l'une d'elles si intensément que je crus que les yeux allaient lui sortir de la tête :
– Oh, non ! murmura-t-il. Oh, non, quelle horreur !

3

Mon cœur s'arrêta de battre.

– Carl, criai-je, qu'est-ce qu'il y a ?

Un large sourire remplaça son expression horrifiée :

– Je t'ai eu, hein ? T'as eu la trouille ?

Emily éclata de rire. Elle adore les blagues de Carl.

Notre copain fonça droit sur le réfrigérateur et en sortit une canette de soda.

– Surtout ne te gêne pas, fais comme chez toi, marmonnai-je.

Il avait déjà arraché la capsule. Il vida la boîte d'un trait et rota.

– Si on jouait à ce truc ? proposa-t-il.

Toujours aussi décontracté, il se laissa tomber sur une chaise et battit les cartes.

Emily, ravie, s'installa en face de lui, tournant le dos à la fenêtre de la cuisine. La lumière de cette fin d'après-midi illuminant ses cheveux lui faisait un visage d'ange.

– Colin, ordonna Carl de sa grosse voix d'homme,

trouve-nous quatre dés. Tu as ça ?
– Oui, je dois avoir ce qu'il faut…
Je dénichai quatre dés dans un tiroir du meuble du salon où nous rangions les jeux.
Lorsque je revins à la cuisine, Carl avait divisé les cartes en quatre piles bien nettes, face cachée.
Je mis les dés sur la table, et m'assis :
– Comment on joue ?
– Dans ce jeu, expliqua Carl, on trouve quatre types de cartes : les Personnages, les Actions, les Pouvoirs et les Destins. D'abord, il faut choisir son personnage.
Poussant un des tas vers moi, il me dit :
– Prends-en une.
Je sortis une carte au hasard, la retournai :
– Un roi ! Super ! Je suis roi !
– C'est pas juste ! protesta Emily. On devrait tirer au sort celui qui commence en lançant les dés !
– C'est moi qui connais le jeu, alors c'est moi qui fixe les règles, d'accord ? fit Carl en poussant le tas vers Emily. C'est très compliqué, j'ai mis des mois à le comprendre.
– Mais si Colin est roi…
– Être roi ne veut rien dire, la coupa-t-il. Un roi peut être fragile ! On n'a pas encore tiré les cartes du Pouvoir.
Il sourit :
– Tu verras… Si ça se trouve, Colin va devenir un roi esclave, complètement impuissant.
– Ouais ! s'écria Emily, ravie.
– Rêve toujours ! bougonnai-je. Dès qu'on com-

mence à jouer, je vous fais couper la tête à tous les deux ! Ça vous apprendra…
Emily me regarda d'un air mauvais :
– T'es qu'une brute, Colin !
– Choisis ton personnage, Emily. Grouille-toi, on va pas attendre l'année prochaine, soupira Carl.
Les yeux fermés, elle tira une carte.
– Un Goth ? Beurk ! C'est quoi, ça ? s'écria-t-elle, déçue.
Carl lui prit la carte des mains :
– Un Goth est un sorcier mutant.
– Un sorcier ? Tu veux dire que j'ai des pouvoirs magiques ?
– Peut-être…
Elle se tourna vers moi.
– À la première occasion, je change le roi en crapaud, me menaça-t-elle.
Je me mis aussitôt à imiter le cri du crapaud. Carl, impatient, frappa du poing sur la table :
– On joue, oui ou non ?
Je me tus. À son tour, il tira une carte.
– Je suis le Krel, annonça-t-il en nous montrant la figure.
Vilaine créature naine aux oreilles roses et pointues, au museau bestial, le Krel portait un chapeau rouge et un poignard courbé.
– C'est un gentil ou un méchant ? demandai-je.
– Ça dépend.
– Le Krel, s'inquiéta Emily, il est plus puissant que le Goth ?

– Ça dépend.
Il poussa les dés vers moi :
– Maintenant, on va tirer les points du pouvoir. Commence, Colin. On a cent points de pouvoir par chiffre tiré.
Je sortis des cinq et des six. Emily et Carl n'eurent que des deux et des trois.
– Ouais ! m'écriai-je. J'ai le pouvoir !
– Oui, le roi est très puissant, fit Carl, solennel. Emily, on va devoir s'allier, toi et moi, si on veut avoir quelque chance de gagner.
Je me dressai d'un bond, levai mes poings en signe de victoire et hurlai :
– Le roi gouverne !
– On verra ça, dit Carl.
– Assieds-toi, Colin, m'ordonna Emily.
– Sa Majesté Colin, rectifiai-je.
Et je me laissai retomber sur la chaise.
– Ce jeu, reprit Carl, c'est comme une légende. Fermez les yeux et imaginez-vous dans les temps anciens. Nous sommes dans une forêt. Et, au bord de cette forêt, il y a un château.
– Mon château ! éclatai-je.
Carl m'ignora. Baissant la voix, il murmura d'un ton qui se voulait effrayant :
– La forêt regorge de dangers, de créatures étranges, de chevaliers masqués, d'envahisseurs mutants. De Krels, de Goths, de Mords, de Jekels. D'animaux sinistres, de plantes vénéneuses, d'ennemis diaboliques cachés partout.

Il fit glisser la pile des Actions vers moi :

– Lance le jeu, Roi. Prends une carte, retourne-la. Et prépare-toi à agir.

De quoi parlait-il ? Quelque chose dans sa voix grave, dans son regard sombre me donna la chair de poule.

Je piochai une première carte. Elle représentait un éclair jaune.

Au même instant, une vive clarté illumina la cuisine, puis disparut.

Un éclair ? Pourtant, tout à l'heure, il faisait grand soleil !

Étonné, je me tournai vers la fenêtre en posant la carte.

Un nouvel éclair traversa le ciel. Et dans sa lumière blême, je vis se dessiner un visage.

Un visage difforme, monstrueux. Un visage au regard fixe qui se pressait contre la vitre.

4

Terrifié, je bondis de ma chaise si brusquement qu'elle tomba avec fracas.

Un violent coup de tonnerre fit vibrer les murs de la maison. Et dans la pénombre qui régnait à présent dehors je reconnus… M. Croseri !

Le visage collé au carreau, il nous scrutait de ses petits yeux ronds. Puis, d'un geste, il désigna la porte de la cuisine.

Retrouvant mon calme, j'allai lui ouvrir en maugréant :

– Qu'est-ce qu'il me veut, celui-là…

Un nouveau grondement retentit au-dehors, et, aussitôt, la pluie se mit à crépiter sur le perron. Les arbres de l'arrière-cour se tordirent sous une rafale de vent. Comment le temps avait-il pu changer si brutalement ?

Les cheveux dégoulinants, M. Croseri gravit les trois marches. Il avait enfilé un ciré jaune par-dessus son short.

Le vieil homme me regarda d'un air suspicieux.
– Je savais bien que l'un de vous habitait ici, dit-il de sa voix rauque.
Ses yeux passèrent de Carl à Emily, qui s'était levée pour me rejoindre.
– Vous étiez dans mon garage tout à l'heure. Et voilà que je constate qu'il me manque un jeu de cartes…
Il toussota pour s'éclaircir la voix :
– Vous ne sauriez pas où il est, par hasard ?
Je vis Emily hocher la tête. Elle ouvrait déjà la bouche ; elle allait tout avouer !
– Non, on n'en sait rien, répondis-je rapidement.
M. Croseri pencha légèrement la tête pour mieux nous examiner de ses petits yeux accusateurs.
– Vous en êtes sûrs ?
– Sûrs et certains, répliquai-je. On n'a pas pris votre jeu, on n'est pas des voleurs.
Il se frotta le menton d'un air dubitatif.
La pluie redoubla. Les gouttes martelaient son ciré et dégoulinaient sur ses pieds.
– J'espère pour vous que vous dites la vérité, grommela-t-il, les dents serrées. Parce que ces cartes… ce n'est pas un jeu.
Un frisson glacial me courut le long du dos, mais je soutins quand même son regard :
– Que voulez-vous dire ?
– Ce ne sont pas des cartes ordinaires. Elles sont dangereuses.
– Vous… vous devez... plaisanter, M. Croseri ? bafouillai-je.

– Mort de peur, murmura-t-il, lugubre. Mort de peur…

Brusquement, il pivota sur ses talons et disparut dans la tempête.

Je restai là un moment, immobile, ses sinistres paroles résonnant encore à mes oreilles. Puis je refermai la porte et mis le verrou.

Emily et moi rejoignîmes Carl, qui avait caché les cartes. Au passage, j'appuyai sur l'interrupteur. Il faisait tellement sombre, maintenant.

Une fois assis, on éclata tous de rire.

– Quel baratineur ! « Mort de peur, Mort de peur », lançai-je en imitant M. Croseri.

– Il était sérieux, tu crois ? s'inquiéta Emily.

– Mais non, rétorqua Carl en disposant de nouveau les cartes sur la table, il plaisantait ! Allez, on continue, ce n'est qu'un jeu.

Un sourire aux lèvres, je choisis une carte dans une des quatre piles.

Noire. Elle était entièrement noire.

À l'instant où je la posai sur la table, la lumière s'éteignit.

5

Je tombai de ma chaise.

– Du calme, Colin, soupira Emily. Ce n'est qu'une tempête.

– Je… je n'y crois pas, bredouillai-je. J'ai pioché une carte qui représentait un éclair, et la foudre est tombée. Je tire une carte toute noire, et la lampe s'éteint.

Je bondis sur mes pieds et cherchai à tâtons l'interrupteur. Je l'actionnai une dizaine de fois.

Rien. Pas de lumière.

– L'électricité est souvent coupée quand il y a de l'orage, commenta Carl tranquillement. Y a pas de quoi paniquer.

– Ouais, jouons dans le noir, proposa Emily. Ça sera encore plus excitant !

Oui, sauf qu'on y verra rien ! Je filai dans la salle à manger et revins à la cuisine avec un chandelier à cinq branches que je posai sur la table.

Quelques minutes plus tard, on baignait dans une

lumière orangée, tandis que des ombres s'étiraient dans la pièce.
– Reprenons, dit Carl de sa voix grave. À toi de tirer une carte Action, Emily.
Elle en choisit une, qu'elle examina à la lueur des flammes. Elle figurait des épées entrecroisées, surmontées d'un casque en argent.
– Le Goth a levé une armée, expliqua Carl. Le château du roi est attaqué, le roi doit fuir et conquérir un autre château.
– Et comment je m'y prends ? demandai-je.
Dehors, le tonnerre gronda de nouveau. La pluie tambourinait aux fenêtres, les flammes des bougies vacillaient.
– Tu dois lever une armée, toi aussi, me répondit-il en m'indiquant les dés. Tu auras cent chevaliers pour chaque double.
Je m'emparai des dés, les agitai dans ma main.
– Arrête de remuer les dés comme ça, lance-les, rouspéta Emily.
Je les fis rouler sur la table.
– Trois doubles quatre, dit Carl. Ça te donne trois cents soldats.
– Super ! Et ensuite ? Est-ce que…
Je me tus.
Des voix. J'entendais des voix d'hommes. Des rires. D'où venaient-ils ? De l'extérieur ? J'allai à la fenêtre. Il faisait trop sombre pour qu'on y voie quoi que ce soit. La pluie, tel un rideau noir, masquait la vue.

– Vous avez entendu ça ?
– C'est la pluie et le vent, répondit Emily. Quelle tempête !
– Lance encore les dés, me dit Carl. Il te faut une armée plus forte. Tu ne pourras pas conquérir un château avec trois cents combattants.
J'obéis.
Emily ricana :
– J'ai envie de jeter un sort au roi, ricana-t-elle.
– Ce n'est pas encore ton tour, lui rappela Carl.
Je tendais toujours l'oreille. Les étranges voix s'étaient tues, seuls les hurlements du vent et le crépitement de la pluie troublaient le silence. Les flammes des bougies faisaient danser de grandes ombres sur les murs.
– Relance les dés, m'ordonna Carl. Un roi très puissant vit dans le château voisin. Plus puissant que toi. Il te faut au moins vingt points pour conquérir son château.
– D'accord, d'accord, grognai-je.
Emily, les yeux fermés, tendit une main vers moi.
– Quoi ? demandai-je. T'as un problème ?
– Le Goth jette un sort sur les dés, répondit-elle d'une voix sépulcrale. Tu ne sortiras que des uns.
– T'es nulle, ma pauvre fille…
J'agitai les dés, les fis rouler sur la table.
Deux six, un cinq et un quatre – ce qui faisait vingt et un !
– J'ai réussi ! J'ai écrasé l'autre château ! hurlai-je en me levant d'un bond.

Soudain, je m'immobilisai. Je venais d'entendre un vacarme assourdissant.
– Qu'est-ce que c'est ? demanda Emily, les yeux écarquillés.
– On aurait dit une explosion, murmura Carl. Ou un accident de voiture…
Des voix furieuses. Des cris stridents. Des bruits de lutte.
Puis un fracas métallique, comme si… comme si des épées s'entrechoquaient !
Des épées ?
Des cris, encore, puis des gémissements.
Je courus à la fenêtre, collai le visage à la vitre puis, épouvanté, je détournai le regard.
Non. Je ne voulais pas voir ce qui se passait dehors.
– On… on dirait une bataille, déclara Emily d'une voix étouffée.
– Je n'aime pas ça, bredouillai-je. On devrait arrêter de jouer à ce truc.
Tremblant de la tête aux pieds, je rassemblai les cartes, en fis une pile et les glissai dans la boîte, que je fermai.
À cet instant, la lumière revint.
– Mais que… ? bafouillai-je en clignant des yeux.
– Qu'est-ce qui se passe ? pleurnicha Emily. Pourquoi la lumière est-elle revenue quand tu as rangé le jeu ?
Carl haussa les épaules :
– Ce n'est qu'une coïncidence ! Arrêtez de délirer !
Mais, tout fier-à-bras qu'il était, il se figea lorsque

des pas martelèrent le sol, des pas précipités qui se dirigeaient vers nous.
Nous poussâmes tous un hurlement en voyant surgir dans la cuisine une créature de cauchemar.

6

Emily continuait de hurler. Carl se leva d'un bond, poings en avant, prêt à frapper. Moi, je reculai vers le mur, le cœur battant à cent à l'heure.

La créature avait l'apparence d'un gnome à la grosse tête ronde, à la chevelure hirsute, affublé d'un museau de bête. Vêtu d'une veste de fourrure, d'un pantalon de cuir sombre et d'étranges chaussons au bout pointu, il roulait des yeux fous et grimaçait en découvrant d'affreuses dents jaunes :

– Je suis libre ! ricana-t-il en agitant ses petits bras. Libre comme un oiseau ! Merci ! Merci à vous !

Il fit brusquement demi-tour et s'élança vers la porte. Je criai :

– Hé, attendez !

Mais il avait déjà disparu sous la pluie.

Emily, blanche comme un linge, se laissa tomber sur une chaise. Carl ne bougeait pas, les poings toujours serrés.

La gorge nouée, je déglutis avec difficulté, essayant

de calmer les battements de mon cœur.
Enfin Carl rompit le silence.
– Un Krel…, dit-il, incrédule. C'était un Krel.
Je regardai par la fenêtre, mais il n'y avait plus trace de l'étrange créature.
– Il ressemblait exactement au Krel du jeu, confirma Emily.
J'étalai les cartes sur la table et commençai à fouiller frénétiquement :
– Où est-elle ? Où est cette carte ?
Je les vérifiai une à une.
Rien. Il n'y avait plus une seule carte portant la figure du Krel.
– Enfin ! Je sais qu'elle y est.
Je regardai à nouveau les cartes une à une, soigneusement, lentement. Le roi, un nain mutant, trois Jekels, deux Goths, un chevalier masqué…
– Ça alors ! Elle a disparu, annonçai-je en regardant mes deux amis. Le Krel n'est plus dans le jeu.
– Attends, dit Carl sèchement. Je vais le trouver.
Lorsqu'il prit le jeu, une carte glissa par terre. Je me penchai pour la ramasser. Un dragon. La carte représentait un énorme dragon aux yeux brûlants, au cou arqué, crachant des flammes par les naseaux.
Je la récupérai.
Et j'entendis…
De nouveaux bruits de pas. Lents, sourds, pesants.
Ils venaient du couloir…
Non !

7

– Le… le dragon ! hoquetai-je.
Je jetai la carte sur la table. Emily et Carl restèrent cloués sur place, la bouche ouverte, les yeux écarquillés.
– C'est le dragon, répétai-je.
– Quoi ? De quoi parles-tu ? lança une voix familière.
Mes parents entrèrent dans la cuisine, trempés jusqu'aux os.
– Hein ? Euh… rien, on jouait aux cartes, expliquai-je, confus, en dissimulant derrière mon dos mes mains tremblantes.
– Vous avez de la chance, les enfants ! Vous ne vous êtes pas laissés surprendre par l'orage. Quelle pluie ! dit maman en ôtant ses tennis trempées.
Papa s'approcha de la table :
– Vous avez vu ce qui s'est passé à côté ? Vous avez entendu ce boucan ?
– Quel désastre ! ajouta maman. Les pauvres

Nelson… C'est incroyable ! Qu'est-ce qui a bien pu leur arriver ?
– Quoi, que s'est-il passé ? demandai-je.
– Allez jeter un coup d'œil, vous comprendrez. C'est vraiment fou…
– Vous n'avez rien entendu ? s'étonna maman. Vous aviez encore mis la musique à fond, c'est ça ?
Je sortis en trombe, suivi de Carl et d'Emily.
La pluie avait cessé et le soleil, filtrant à travers les nuages, lançait ses derniers rayons.
Je franchis la clôture de l'arrière-cour et m'arrêtai brusquement sur la pelouse gorgée d'eau en découvrant la maison des Nelson.
Ou ce qu'il en restait !
Leur joli pavillon était tout bonnement dévasté. Les vitres étaient brisées, les volets fracassés. Une brèche s'ouvrait dans l'un des murs, et une partie du toit s'était effondrée. La haie, les fleurs, les arbustes semblaient avoir été piétinés par une foule en furie, la boîte aux lettres gisait dans une flaque de boue.
Des voisins, regroupés près de la maison, chuchotaient entre eux.
Bientôt, je vis M. et Mme Nelson discutant avec deux officiers de police. Ils parlaient en faisant de grands gestes.
– Que s'est-il passé ? demandai-je à une voisine.
C'est à cause de la tempête ?
Elle haussa les épaules.
– J'crois pas. Les Nelson prétendent qu'ils ont été attaqués.

J'en eus le souffle coupé. Je m'approchai discrètement de M. Nelson. Secouant la tête, il expliquait, incrédule :

– On aurait dit une armée ! Ils étaient déguisés en chevaliers du Moyen Âge.

Des chevaliers !

– On a eu tellement peur ! gémit Mme Nelson. Ils étaient à cheval, ils portaient des casques en fer. Un cauchemar, un véritable cauchemar ! On ne voyait pas leur visage. Ils... ils...

Son époux passa un bras autour de ses épaules pour la réconforter.

– Ils ont attaqué la maison, reprit-il. C'était comme dans un film. Je sais que ça a l'air complètement dingue, mais c'est vrai. On a vu des soldats à cheval fondre sur notre pavillon.

Les policiers, mécontents, continuaient de discuter bruyamment avec les Nelson. On les prenait pour des idiots ou quoi ? Ils n'en croyaient pas un mot ! Moi, si.

Le souffle court, les jambes flageolantes, je reculai. Ce n'était pas un film, je le savais. C'était la faute du jeu. Le jeu que j'avais volé à M. Croseri. Mort de peur. Et c'était ma faute. C'était moi qui avais lancé une armée de chevaliers contre le « château » voisin. Et les Nelson, nos voisins, avaient été assaillis par une horde de fous furieux.

Je me sentais mal, très mal. J'avais envie de vomir. Que dire ? Que faire ? Si j'avouais tout, personne ne me croirait !

En levant les yeux, je vis quelqu'un qui m'observait dans l'ombre, derrière la haie dévastée.
M. Croseri. Son visage sévère me glaça. Effrayé, je reculai encore, me préparant à courir me réfugier chez moi, dans les bras de mes parents.
Mais en trois enjambées il fut sur moi.
– Tu n'as rien à me dire, jeune homme ? lança-t-il en me fixant durement. Tu n'as rien à me dire au sujet d'un jeu de cartes ?
« Il sait, pensai-je. M. Croseri sait que je lui ai volé ses cartes. »
Qu'allait-il faire ? Qu'allait-il me faire ?

8

Si les yeux du vieil homme avaient été des rayons laser, j'aurais été réduit en cendres !

« Je ne peux pas lui dire la vérité, pensai-je. Je ne peux pas avouer que j'ai volé son jeu de cartes. Je ne suis pas responsable de cette catastrophe, c'est impossible ! »

Près de M. Croseri, il y avait les policiers, les voisins, qui discutaient à voix basse, complètement ahuris.

– Qu'est-ce que vous voulez que je dise… ? balbutiai-je, le cœur battant à grands coups désordonnés.

Je fis demi-tour et m'éloignai en courant.

Je devais me calmer. Je devais réfléchir. Réfléchir sérieusement et prendre une décision.

Sans attendre mes deux amis, je filai droit vers la maison, entrai en trombe et montai l'escalier quatre à quatre. Une fois dans ma chambre, je claquai la porte. Enfin en sécurité.

Essoufflé, tremblant et trempé de sueur, je m'ef-

fondrai sur le lit. La tête me tournait, j'avais la nausée.
En fermant les yeux, je revis le paquet de cartes :

MORT DE PEUR

Cette nuit-là, je rêvai de M. Croseri. Tout de blanc vêtu – costume, chemise, cravate, tout aussi blancs que ses cheveux –, il se tenait devant moi. Il levait les mains au-dessus de sa tête et tonnait :
– Meurs de peur, Colin !
Puis il se tournait vers la porte de ma chambre en agitant les bras, comme un agent de police régulant la circulation.
Je me voyais, assis dans mon lit, pétrifié. J'entendais des bruits de pas dans le couloir. Des grognements, des cris, des grondements furieux.
M. Croseri gesticulait. La tête rejetée en arrière, il riait comme un fou.
Bientôt, un chevalier en armure entrait en trombe dans ma chambre.
– Allez-vous-en ! criais-je.
Je savais que je rêvais, mais la peur m'étouffait.
Alors surgirent des Goths, des Krels, d'étranges créatures à tête de cochon. Ils hurlaient, grognaient comme des bêtes, se frappaient entre eux à coups d'épée, de poignard. Ils se cognaient à mon lit, arrachaient les rideaux, brisaient les meubles.
Un Krel défenestra un Goth dans un grand bruit de verre brisé, un chevalier masqué lacérait le papier peint.

Je me bouchai les oreilles, leur vacarme infernal me transperçait les tympans. Terrifié, désespéré, je hurlai :
– Sortez ! Sortez ! Sortez !

Je me réveillai en sursaut.
Assis sur mon lit, je clignai des yeux, ébloui par le soleil matinal.
La fenêtre… Elle était intacte !
Le papier peint aussi.
Poussant un soupir de soulagement, je m'apprêtais à me lever.
Tout ça n'était qu'un rêve.
Je me mis debout ; soudain, je stoppai net.
La moquette…
Tachée de boue, elle était couverte d'empreintes – des petites, des grandes… Un cri atroce me déchira la gorge :
– NOOON !

Les cartes ! Ces cartes étaient maudites. Il me fallait m'en débarrasser au plus vite. Je ne serais pas en sécurité tant que ce jeu serait en ma possession. Je devais le rendre à son propriétaire.
Je me levai. « Je vais le faire immédiatement. Je vais m'habiller et courir chez M. Croseri. Pourquoi ne pas le laisser sur le paillasson, devant sa porte ? »
Oui. Inutile de lui parler, je n'avais pas envie d'entendre ses sermons.
J'avais compris la leçon !

Je me sentis un peu mieux. J'avais un plan, je savais ce que je devais faire.
J'enfilai un jean et un T-shirt, chaussai mes tennis et pris une profonde respiration. « Tout ira bien. Tu rendras les cartes, et ta vie reprendra son cours normal. »
Où avais-je laissé ce maudit jeu ?
Sur mon bureau.
Bien, très bien. Pas de problème. Dans quelques minutes, ce cauchemar serait terminé.
Je traversai la chambre jusqu'à mon bureau... Mon cœur manqua un coup.
Les cartes avaient disparu !

9

Disparu !

Affolé, je fouillai partout. Rien !

J'ouvris les tiroirs, je les vidai. Toujours rien. À genoux, je regardai sous les meubles.

Pas de cartes !

J'entendis alors des voix venant du rez-de-chaussée. Un rire de fille.

Mais oui ! J'avais laissé le jeu en bas !

Me relevant, je me précipitai vers l'escalier.

– Hé ! m'exclamai-je, surpris.

Emily et Carl étaient assis à la table de la cuisine. Carl battait les cartes.

– On t'attendait, m'annonça Emily. On ne voulait pas te réveiller.

– Prends ton petit déjeuner et jouons, me pressa Carl en disposant les cartes en quatre tas.

– Jamais de la vie ! éclatai-je. Range ce jeu dans sa boîte, Carl. Immédiatement.

– Quoi ? s'écria-t-il, stupéfait. Tu ne peux pas nous

faire ça, Colin, on n'a pas fini la partie.

– Tu as gagné un château, intervint Emily. Tu es en train de gagner. Alors, tu dois donner une chance au Goth et au Krel.

– Pas question ! Vous êtes aveugles ou quoi ? Ce jeu est dangereux. Vous n'avez pas vu la maison des Nelson ? M. Croseri nous a mis en garde. Il a dit…

– M. Croseri est un vieux grincheux qui raconte n'importe quoi, rétorqua Carl. Il déteste les jeunes, tu le sais bien.

– Il essayait de nous effrayer, c'est tout, ajouta Emily. Tu n'as pas cru à ses menaces, tout de même ?

– Mais… mais…, bredouillai-je. Et la maison des Nelson ?

– Leur maison a été dévastée par la tempête, expliqua Carl. Il y a eu une mini-tornade, ça arrive quelquefois. Elle est passée juste sur leur maison, pas de chance !

– La tempête s'est déclenchée quand j'ai tiré la carte de la foudre ! m'écriai-je, irrité.

Ils se mirent à rire.

– Waou ! Maître Colin a le pouvoir de contrôler le temps, maintenant ? se moqua Carl.

– Assieds-toi, m'ordonna Emily. Tu nous fais perdre du temps.

Je les fixai, décontenancé. Ils avaient décidé de continuer à jouer, quoi que je dise.

D'ailleurs, ils avaient raison. Comment de simples cartes auraient-elle pu déclencher une tempête ? Ça n'avait pas de sens ! La veille, on était tellement dans notre jeu qu'on s'était fait tout un cinéma. C'était ça. C'était sûrement ça.

– D'accord, murmurai-je.

Je me servis un verre de jus d'orange et pris place près de mes amis.

– Mais juste une partie, c'est tout, insistai-je. Je suis sérieux. Ensuite, je vais rendre son jeu à M. Croseri.

Emily avança la main vers l'un des tas, s'apprêtant à tirer une carte.

Je sentis alors un frisson me parcourir.

On devrait peut-être arrêter ?

Emily tira sa carte.

Oui, on aurait dû arrêter ! Tout arrêter !

10

Un dragon. Emily avait tiré la carte du dragon. L'animal au long cou se dressait, prêt à attaquer. De longues pointes métalliques brillaient sur son dos, sa poitrine semblait recouverte de pièces d'une armure. Des ailes argentées se déployaient au niveau des épaules. Son long museau ouvert laissait apparaître des rangées de dents acérées comme des lames, ses narines crachaient des flammes rougeoyantes.

– Maintenant, pioche une carte dans la pile du Destin, Emily, ordonna Carl.

Elle hésita un instant, puis choisit la carte du dessus du paquet et nous la montra. Nous vîmes deux longues flèches noires qui se recourbaient pour se rejoindre à la pointe.

– Qu'est-ce que ça représente ? demanda-t-elle.

– Une carte de permutation, expliqua Carl. Tu changes de personnage, tu n'es plus un Goth. Tu es un dragon maintenant.

– Ouais ! Je suis un dragon, un dragon super puissant !
Fermant les yeux, je revis les scènes de mon rêve, ces créatures hurlantes qui se battaient dans ma chambre. « On ne devrait pas, pensai-je. On ne devrait pas jouer à ça… »
Lorsque je rouvris les yeux, Carl tendait les dés à Emily.
– Le Pouvoir, annonça-t-il. Voyons quelle sera la force du dragon.
Les dés roulèrent. Deux six, un cinq et un quatre.
– Incroyable ! déclara Carl en abattant son poing sur la table. Le dragon est vraiment super puissant !
Je ressentis soudain un point douloureux au creux de l'estomac.
– Je suis toujours roi, n'est-ce pas ? demandai-je. Et je suis à la tête d'une armée de soldats !
Carl hocha la tête.
– Je vais commander à mes chevaliers de détruire le dragon, dis-je.
Je tendis une main vers les dés, mais Carl la repoussa.
– C'est à moi de jouer. Le Krel que je suis a décidé de m'associer avec le dragon…, fit-il en souriant à Emily.
– Quoi ? Qu'est-ce que ça veut dire ?
– Les Krels sont rusés, répondit-il. Ils savent quand il est bon de changer de camp.
– Mais qu'est-ce que ça veut dire ? répétai-je, agacé.
– Ça signifie que j'allie mon pouvoir à celui du dragon.

– Ouais ! s'écria Emily en tapant sur la main de Carl. Toi et moi, on est les plus forts !
– C'est pas juste ! protestai-je.
Carl éclata de rire :
– C'est la guerre, Colin ! La justice n'existe pas.
Carl tira une carte et la retourna. Elle représentait un elfe barbu tenant un filet.
– Un elfe pêcheur, annonça Carl en lançant les dés. Tu as des problèmes, Roi. Le Krel avec sa troupe de deux mille elfes pêcheurs a stoppé ton armée. Ils l'ont réduite en bouillie.
– Tu plaisantes…
– Pas du tout, fit-il en secouant la tête.
– Tu veux dire que j'ai été capturé ?
– Exactement. Le roi est prisonnier, et voici le dragon qui vient l'achever.
– Non ! criai-je. Attendez !
Trop tard. Emily avait déjà lancé les dés.
Dehors, un rugissement retentit. Une femme hurla. J'entendis des crissements de pneus, un fracas de tôle froissée.
Mes amis se regardèrent, stupéfaits.
Un autre cri féroce, bestial, me paralysa. « Non, oh non ! gémis-je. Pas le dragon… non, pas le dragon… »

11

Bondissant de ma chaise, je courus à la fenêtre.
On entendait d'autres cris horrifiés, des voitures freinant brusquement, comme surprises par un obstacle.
Mais je ne vis rien.
Suivi d'Emily et de Carl, je me précipitai vers la porte de la cuisine. Lorsque je l'ouvris, un cri atroce nous meurtrit les oreilles.
Je n'avais jamais rien entendu de pareil ; on aurait dit le rugissement d'un lion mêlé au barrissement d'un éléphant et au grondement du tonnerre. Il s'amplifia pour culminer en une note stridente, insupportable.
Ensuite, il y eut un craquement sinistre, comme celui d'un arbre qu'on déracine. Puis des hurlements de panique.
Emily, Carl et moi déboulâmes sur la pelouse, devant la maison. Une ombre gigantesque surgit dans la rue.
Un dragon !

Le dos hérissé de pointes, il ressemblait exactement… à celui du jeu de cartes !
– Je… non… ! Je n'y crois pas !
Ses ailes argentées et tranchantes se déployèrent, telles les voiles d'un navire, et coupèrent les lignes électriques. Des étincelles fusèrent comme des feux d'artifice tandis que les poteaux s'effondraient sur le trottoir.
Renversant son énorme tête, le monstre poussa un rugissement épouvantable.
Des voisins s'enfuyaient en hurlant, des enfants pleuraient ; un chauffeur de taxi perdit le contrôle de sa voiture et fonça dans un jardin.
Carl, près de moi, regardait cet effroyable spectacle bouche bée.
– Un… un dragon…, bredouilla-t-il, incrédule.
– C'est nous qui lui avons donné vie, dis-je en lui prenant le bras. C'est nous qui l'avons libéré ! Viens, il faut faire quelque chose !
Carl tourna vers moi un visage déformé par la peur :
– Mais quoi ?
– Eh bien…
– J'ai une idée ! intervint Emily, le souffle court, tandis que, dans un horrible bruit de tôles déchirées, le dragon écrasait une voiture sous son énorme patte.
– Vite ! nous pressa Emily. Tous à la maison !
– Tu as une idée ? demandai-je en courant à ses côtés.
– La carte ! dit-elle, haletante. La carte du dragon ! Si on la remet dans la boîte, il disparaîtra peut-être…
Nous nous réfugiâmes dans la cuisine en refermant

la porte sur nous.
– Emily a raison, dis-je. Souvenez-vous, hier soir ! La tempête a cessé quand j'ai rangé le jeu.
– Ça peut marcher, acquiesça Carl. En tout cas, il faut essayer.
Soudain, un fracas nous fit tourner la tête.
Un arbre déraciné s'effondrait derrière la fenêtre.
Nous étalâmes les cartes sur la table et cherchâmes fébrilement celle du dragon.
– Mais où est-elle ? répétais-je. Où est-elle ?
– Je l'ai posée sur le dessus de la pile, déclara Emily. Vous vous rappelez ? Elle était là, juste devant moi !
– Mais elle n'y est pas ! râla Carl en abattant son poing sur la table. Elle n'y est plus !
Reprenant les cartes, je les vérifiai une à une.
Hélas, Carl avait raison. La carte du dragon avait disparu.
– Que faire ? se lamenta Emily.
Dehors, les sirènes des voitures de police se mêlaient aux rugissement de la bête et aux cris de terreur.
Un frisson glacial me parcourut tout entier.
Brusquement, j'eus une idée :
- Le chevalier masqué !
– Et alors ? dit Carl, affolé.
Ramassant les dés, j'expliquai :
– Je vais envoyer une armée pour anéantir le dragon.
– Mais…, commença Emily.
Je ne lui laissai pas le temps de terminer sa phrase :
– Ça vaut le coup d'essayer, repris-je. Il me faut simplement une quantité suffisante de points.

Carl me donna une claque dans le dos :
– Bonne chance, vieux ! Tire des six, vite !
J'enfermai les dés au creux de ma paume, les secouai en serrant les paupières, concentré, tâchant d'oublier la scène d'épouvante qui se jouait à l'extérieur. Et je les lançai sur la table…

12

– Oh non !

Trois un et un deux.

– Relance-les, m'ordonna Emily. Vite !

J'allais ramasser les dés quand un bruit étrange me fit courir à la fenêtre.

– Trop tard !

Cinq chevaliers masqués avançaient dans la rue. Ils marchaient lentement, tenant d'une main une épée et de l'autre un bouclier. L'éclat de leurs armures qui scintillaient au soleil s'éteignit soudain, comme avalé par l'ombre du grand dragon.

– Ce n'est pas vraiment une armée, murmura Carl. Si seulement t'avais sorti des six, on…

Il se tut et nous poussâmes tous trois le même cri d'horreur.

Le dragon avait saisi entre ses puissantes mâchoires deux chevaliers qu'il secouait comme des poupées de chiffon. Puis d'un brusque mouvement, il les projeta sur un toit.

La créature baissa de nouveau sa tête monstrueuse et cracha un jet de flammes sur les trois derniers combattants.

Hurlant de douleur, ils laissèrent tomber épées et boucliers pour s'enfuir en courant.

– Le dragon a gagné, bredouillai-je.

Alors, paralysé par la terreur, je le vis tourner son énorme corps vers la maison. Son ombre obscurcit la fenêtre. Il avançait d'un pas lourd en poussant des grognements de rage.

– Il… il vient droit sur nous ! m'écriai-je. Il va se venger !

13

J'eus froid, soudain, affreusement froid.

Au-dehors, on entendait le fracas des arbres qui s'écroulaient…

– Il nous a repérés ! cria Emily.

L'ombre envahit la cuisine.

Qu'il faisait sombre, tout à coup ! Derrière la fenêtre, je vis luire les écailles recouvrant la poitrine du monstre, telle une cuirasse. Les murs, les vitres, le sol, toute la maison trembla.

Puis deux yeux méchants cernés de rouge, aussi gros que des ballons de basket, nous fixèrent à travers les carreaux.

Emily hurla, recula en titubant ; elle heurta Carl, pétrifié par la peur.

Alors une idée me vint, une idée désespérée…

Je plongeai vers la table, ramassai les cartes, les assemblai en un seul tas. « Range-les, Colin, m'ordonnai-je. Range-les dans leur boîte, et peut-être que tout s'arrêtera, comme hier… »

La veille, quand j'avais remis les cartes dans la boîte, la furieuse tempête avait cessé, et les lumières étaient revenues comme par enchantement.
La fenêtre de la cuisine tressauta sous les coups de museau du dragon. Les énormes yeux nous scrutaient d'un air féroce, les narines démesurées se dilataient.
La bête rejeta la tête en arrière. Dans une seconde, elle la passerait à travers les carreaux…
Il n'y avait plus un instant à perdre ! Fébrilement, je tâchai de glisser les cartes dans l'étui quand…
– Oh non !
J'avais tout fait tomber !
– Vite ! m'énervai-je, totalement paniqué.
À genoux, je ramassai les cartes, les entassai maladroitement, les fourrai dans leur boîte.
Je refermai vivement le couvercle.
L'horrible créature allait-elle disparaître ?

14

Il y eut une explosion suivie d'un éclair aveuglant. Puis plus rien.

Clignant des yeux, je me tournai vers la fenêtre. Le soleil matinal filtrait par les vitres.

Dehors, le silence régnait.

Nous nous précipitâmes à la porte. Plus de dragon. Il avait disparu ! Seules d'immenses empreintes de pattes dans l'arrière-cour témoignaient du passage de la créature.

– Tu es un génie, Colin ! s'écria Carl.

Et il m'envoya une telle claque dans le dos que je faillis tomber.

Emily éclata de rire. Alors, tous les trois, nous nous mîmes à rire, à hurler de rire, à pleurer de rire. On était heureux, tellement heureux !

Enfin je repris mon sérieux.

– Il faut rendre immédiatement cet horrible truc à M. Croseri, décidai-je.

– Il n'a pas menti, murmura Emily en regardant le

jeu comme si c'était une bombe. Il nous a prévenus, et on ne l'a pas écouté.

Carl écarta une mèche de ses cheveux blonds :

– Si Croseri sait que ces cartes sont si dangereuses, pourquoi les vendait-il ?

– Bonne question ! dit Emily d'une voix tendue. Mais il ne s'attendait pas à ce qu'on le lui vole.

Elle me fixa d'un air sévère, et je rougis.

– Ne t'inquiète pas, je ne volerai plus rien. Plus jamais ! Et je ne jouerai plus à ce genre de truc. Désormais, ma seule passion sera la pêche à la ligne.

– On perd du temps, intervint Carl. Il faut rendre ces cartes de malheur.

– Vous venez avec moi ? demandai-je. Si on y va à trois, peut-être que M. Croseri ne me passera pas un trop gros savon.

Emily et Carl échangèrent un regard, puis acquiescèrent.

J'attrapai la boîte, mais le couvercle s'ouvrit. Une carte s'en échappa et tomba par terre.

Je me penchai pour la ramasser et poussai un cri :

– Regardez celle-là ! Je ne l'avais jamais vue avant.

– C'est… c'est M. Croseri ! s'exclama Emily.

Oui, c'était bien lui, avec ses cheveux blancs, sa moustache, ses yeux bleus et froids. Le visage de carton semblait nous narguer.

– Et regardez ce qui est écrit derrière, dis-je.

SORCIER

– Une carte de Sorcier, fit Carl pensivement. Hé ! attendez… Croseri… Sorcier… Vous comprenez ? Mais oui !
Croseri était l'anagramme de Sorcier. Si on mettait les lettres de son nom dans un ordre différent, on obtenait Sorcier.
Emily prit la carte et l'examina en fronçant les sourcils :
– Vous croyez vraiment que M. Croseri est un sorcier ?
– Ça se pourrait, dis-je.
Emily tourna vers moi un regard affolé :
– Mais alors… que fera-t-il quand il saura que nous lui avons volé son jeu ?

15

Je fourrai la carte du Sorcier dans la poche arrière de mon jean, le jeu dans une autre poche, et nous quittâmes la maison.

Consternés, nous découvrîmes le saccage occasionné par le passage du dragon. Des poteaux électriques gisaient à terre. Des câbles jonchaient les trottoirs… De l'autre côté de la rue, un tas de tôle froissée rappelait que là avait été garée une voiture. Des arbres déracinés, des haies écrasées, des pelouses défoncées, c'était tout ce qui restait des coquets jardins du quartier.

Trois véhicules de police barraient la rue, gyrophares allumés.

Les gens discutaient avec animation en petits groupes effarés, désignant les dégâts d'une main tremblante.

– C'est de notre faute, soufflai-je.

– Je n'arrive pas à y croire, dit Emily. Comment un simple jeu de cartes peut-il produire un tel effet ?

Quelques voisins nous dévisagèrent d'un air suspicieux. Avaient-ils compris que nous étions les responsables de ces malheurs ?

C'était moi le voleur.

C'étaient nous qui avions fait surgir une armée, un dragon…

Qu'adviendrait-il de nous si les voisins l'apprenaient ?

Ils poursuivraient mes pauvres parents en justice pour qu'ils remboursent tous les dommages…

Et quelle punition inventeraient mes parents ?

Rien que d'y penser, j'avais froid dans le dos. Je me forçai à avancer, les jambes molles.

Nous longeâmes les voitures de police. Les agents, perplexes, arpentaient la rue en examinant les étranges empreintes.

Nous arrivâmes au coin de la rue, devant la maison de M. Croseri. La porte d'entrée était fermée, et le journal du matin traînait encore sur le paillasson.

– Vous avez vu ça ? s'étonna Carl. Sa maison est en parfait état.

Je touchai le paquet de cartes dans la poche de mon jean :

– Pourvu qu'il soit chez lui ! Il faut absolument se débarrasser de ce jeu.

Nous traversâmes la pelouse soigneusement tondue. Le soleil se reflétait dans les fenêtres, nous empêchant de voir quoi que ce soit à l'intérieur.

Prenant mon courage à deux mains, je montai les trois marches du perron et appuyai sur la sonnette.

– Monsieur Croseri ! appelai-je. Vous êtes là ? Monsieur Croseri !

Pas de réponse.

Aucun bruit de pas dans la maison, rien.

Je sonnai de nouveau et j'attendis, les mains moites, le sang palpitant à mes tempes. « T'as la trouille, Colin, me disais-je. Après tout, ce type est un sorcier. Il a des pouvoirs, et il est mauvais… Et tu as volé un objet magique qui lui appartient. »

– Tu entends quelque chose ? demanda Carl.

Emily se serrait contre lui, silencieuse.

Je frappai à la porte. À ma grande surprise, elle s'ouvrit.

– Hé, y a quelqu'un ? lançai-je.

Je passai la tête par l'entrebâillement et fis un pas dans l'entrée obscure. Il y planait une odeur âcre et piquante.

– Monsieur Croseri ?

Je pris une profonde respiration pour calmer les battements de mon cœur.

J'avançai encore d'un pas :

– Ohé ! Y a quelqu'un ?

Alors un rire strident s'éleva, tout proche, et je fis un bond en arrière en poussant un cri.

16

Je reculai vivement et me cognai à mes amis, qui m'avaient suivi.

– Il… il est là, bredouillai-je. Écoutez, il se moque de nous !

Un autre rire s'éleva, un rire… bizarre.

– On dirait un bébé, murmura Emily. Ou un animal.

Collés les uns aux autres, nous entrâmes prudemment. Je poussai une porte et découvris une pièce encombrée de meubles anciens : des chaises capitonnées, un bureau envahi de paperasses, un vieux piano. De lourdes draperies pourpres encadraient les fenêtres. Une boule argentée reposait sur un guéridon.

Un nouvel éclat de rire déchira le silence. Je me retournai.

Un singe ! C'était un petit singe brun qui bondissait, excité, dans sa cage en cuivre.

– Oh ! qu'il est mignon ! roucoula Emily en s'approchant.

Le singe s'immobilisa et la regarda, la tête penchée.
– Vous croyez qu'il est apprivoisé ? demanda Carl en l'examinant d'un air circonspect. C'est peut-être un être humain que Croseri a changé en singe…
– Non, il a toujours été un singe ! lança une voix rauque derrière nous.
Je pivotai.
M. Croseri nous scrutait de ses petits yeux ronds et froids. Ses cheveux blancs, habituellement soigneusement peignés, étaient tout ébouriffés. En apercevant un pyjama rouge sous son peignoir de soie marron, je devinai qu'on l'avait réveillé.
– Monsieur Croseri…, commençai-je.
– Que faites-vous ici ? me coupa-t-il, furieux. Quelle heure est-il ? Pourquoi m'avez-vous réveillé ? Vous pensiez que la maison était vide, c'est ça ?
– Non, non, bredouillai-je. On pensait simplement… enfin, on voulait…
– Eh bien, que voulez-vous ? Je suis là ! cria-t-il. Est-ce dans vos habitudes d'entrer chez les gens sans autorisation ?
– Non, pas du tout, me défendis-je. La porte s'est ouverte toute seule.
– On ne l'a pas forcée, ajouta Carl, venant à mon aide. On a même sonné plusieurs fois.
– C'est vrai, dit Emily.
M. Croseri se frotta le menton, puis lissa ses moustaches en nous fixant de son air sévère :
– Oui, je sais pourquoi vous êtes là…
– Eh bien… oui…, bégayai-je.

Plongeant la main dans la poche de mon jean, je sortis le paquet de cartes :

– Tenez.

Je vis une lueur s'allumer dans ses yeux :

– Ainsi, c'était bien toi le voleur...

– Oui, avouai-je. C'est moi qui l'ai pris. Je suis désolé, Monsieur Croseri…

Oh là là, que je me sentais mal !

– Vous avez joué à ce jeu, reprit-il en venant vers moi. Vous avez convoqué le dragon, et vous avez quasiment détruit le quartier !

– Oui, oui, murmurai-je. Mais on ne voulait pas faire de mal…

Ses yeux froids se rivèrent aux miens :

– C'est ça, c'est ça… Tu ne voulais pas jouer à ce jeu, tu ne voulais pas le voler. Bref, tu ne voulais rien du tout !

– Non, je vous assure. On ne savait pas…, dis-je d'une voix éteinte.

– Nous sommes vraiment désolés, intervint Carl.

– Oui, désolés, ajouta Emily.

– Et vous croyez qu'il vous suffit d'être désolés ! tonna M. Croseri en m'arrachant le jeu des mains.

– Mais je ne savais pas ! m'écriai-je. Je ne suis pas un voleur, je n'ai jamais rien volé de ma vie. Je ne savais pas que ces cartes… qu'elles avaient un tel pouvoir. C'était une bêtise, une grosse bêtise, voilà tout !

– Oui, oui, acquiesça le vieil homme en jouant avec ses moustaches sans me quitter des yeux. Oui, une grosse bêtise. Mais maintenant… maintenant, vous en savez trop !

Ce ton glacial me fit frissonner. Instinctivement, Emily et Carl se rapprochèrent de moi.

– Que voulez-vous dire ?

M. Croseri ne daigna pas répondre. Il esquissa un sourire énigmatique et sortit le jeu de la boîte.

– Puisque ces cartes vous plaisent tant, dit-il en souriant toujours, puisqu'elles vous plaisent tant, pourquoi ne pas vivre le jeu ?

– Comment ? hoquetai-je.

Je n'eus pas le temps de comprendre ce qu'il voulait dire. D'un geste vif, il avait jeté les cartes en l'air.

Elles retombèrent sur nous trois en pluie.

C'est alors que l'obscurité se fit.

Une obscurité totale. Noire, profonde et froide, comme jamais je n'en avais vu.

La pièce avait disparu. Tout avait disparu !

Je me sentis tomber, entraîné dans une chute sans fin.

Oh, cette douleur qui me vrillait le crâne !

Ma tête… ma tête… Elle allait exploser.

Mes yeux allaient sortir de leurs orbites, mes dents s'extraire de mes mâchoires. Ma bouche s'ouvrait dans un cri muet.

« Ces ténèbres, ces ténèbres… »

C'était celles de la mort.

17

Peu à peu, l'horrible sensation de froid s'atténua. Je commençai à me réchauffer. J'ouvris les yeux et vis de minuscules lumières scintillant dans le noir. Des étoiles ?

Oui, je contemplais un ciel étoilé ! J'étais étendu sur un épais tapis d'herbes. L'air embaumait, une brise fraîche me caressait le visage.

« Je suis vivant ! »

J'entendis un gémissement près de moi : Emily s'approchait en rampant. Elle me regardait en clignant des yeux comme si elle ne me reconnaissait pas.

– Colin… ? C'est toi ? Où sommes-nous ?

– Ouais, où sommes-nous ? fit la voix de Carl derrière elle.

– Je ne sais pas, dis-je d'une voix tremblante. Mais on est vivants. J'ai cru que ma tête allait exploser, que j'allais mourir…

– Mais où sommes-nous ? insista Emily. C'était le matin, et voilà qu'il fait nuit.

– On est dans un champ.
Je me redressai pour regarder autour de moi.
Un peu plus loin, j'aperçus des feux qui brûlaient près de huttes basses et rondes.
– On dirait un village très ancien, dis-je. Regardez ces maisons… elles sont en bois, avec des toits de paille.
– Étrange, murmura Carl, l'air préoccupé.
En scrutant l'obscurité, je distinguai une grande meule de foin, et à côté un chariot à deux roues.
J'entendis un cheval hennir au loin.
Emily chassa un gros papillon de nuit qui l'agaçait.
– Je n'aime pas cet endroit, souffla-t-elle en se mettant debout. Je veux rentrer à la maison.
– Nous sommes loin de chez nous, j'en ai peur, soupirai-je. Qu'a dit M. Croseri ? J'avais tellement la trouille que j'y ai à peine prêté attention.
– Il a dit : « Pourquoi ne pas vivre le jeu ? », se rappela Carl. Ensuite, il a jeté les cartes sur nous. Et nous voilà ici.
– Ça voudrait dire qu'on est dans le jeu ? s'écria Emily. Qu'on est dans un pays médiéval peuplé de chevaliers, de dragons, de créatures bizarres ?
– C'est impossible, affirmai-je.
– Bien sûr, c'est impossible, confirma Carl en levant les yeux au ciel. C'est impossible, et pourtant…
– Mais… mais…, bégayai-je.
Je me plaquai au sol lorsqu'un cri rauque retentit.
Des bruits de pas.
Les hautes herbes se couchaient.

C'est alors qu'apparut une longue file de petits hommes. Habillés de peaux et de fourrure, coiffés de casques de métal, ils traversaient le champ au petit trot en brandissant des lances aux pointes acérées.

– Hop, hop, hop, hop…, chantonnaient-ils en avançant.

– Des Jekels ! chuchota Carl, les yeux écarquillés.

Mes deux camarades se tapirent près de moi.

– Je les reconnais… Ils sont méchants. J'ai lu leur description au dos des cartes, murmura Emily en frissonnant. Ce sont de terribles chasseurs. Des cannibales !

18

Je fixai la troupe de Jekels avec horreur.

– Hop, hop, hop, hop…

Leurs lances se balançaient au rythme de leur course.

Retenant mon souffle, je m'éloignai en rampant sous le couvert des hautes herbes.

– Hop, hop, hop, hop…

Nous avaient-ils vus ?

Je préférais ne pas attendre de le savoir !

Dès que je jugeai être suffisamment loin, je me redressai à demi et fonçai, suivi par Carl et Emily.

Nous faisions le moins de bruit possible, guettant le moindre mouvement suspect des petits hommes.

Où aller ? Où se cacher ?

Mon cœur cognait contre mes côtes, mes poumons me brûlaient.

Une meule de foin, luisant vaguement sous les étoiles, se dressait devant nous, telle une créature géante.

Je n'hésitai pas une seconde. Tête baissée, je plongeai dedans.

Me couvrant les yeux d'une main, de l'autre je me mis à arracher des touffes de foin pour me frayer un passage. Les brins d'herbe séchée me grattaient, traversaient mes vêtements, titillaient ma nuque.

Un bruit me glaça soudain. Saisi de panique, je me figeai en haletant.

Puis je compris : ce n'était que mes amis qui s'enfouissaient dans le foin, eux aussi.

– Tu crois qu'ils nous ont vus ? souffla Carl.

– Je… j'en sais rien, bredouillai-je. Taisez-vous, ne faites plus de bruit !

Nous écoutâmes, immobiles. On n'entendait plus rien, ni les pas des cannibales, ni leur « hop, hop, hop, hop… »

Étaient-ils partis ?

Ou nous attendaient-ils, cachés tout près ?

– Ça me gratte ! chuchota Emily.

Moi aussi, ça me démangeait de partout : le dos, la poitrine, le cou, les joues… C'était insupportable. Les dents serrées, j'essayai de me contrôler. Ne pas bouger !

– Oh…, gémis-je quand je compris.

Des insectes ! De gros insectes bruns.

Ils couraient sur tout mon corps, se faufilaient sous mon T-shirt, entraient dans mon pantalon. Des centaines et des centaines d'immondes insectes rampaient sur ma peau. Je faillis vomir lorsque l'un d'eux entra dans ma bouche.

Je le recrachai, écœuré.

Oubliant toute prudence, je me grattai le visage, la poitrine, le dos…
Mais cela ne servait à rien.
Je crus que j'allais mourir.
J'avais envie de hurler, de fuir ce tas de foin infesté, de me gratter à m'en arracher la peau !
– Je ne peux plus tenir ! lança Emily, à bout de nerfs. Il faut que je sorte de là !
– Chut ! fit Carl. Les Jekels sont peut-être tout près.
Une bestiole s'insinua dans mon oreille, une autre entra dans une de mes narines. « Colin, non ! m'ordonnai-je ! N'éternue pas. N'éternue pas… »
– ATCHOUM !

19

Des cris furieux retentirent aussitôt.

Pas le temps de fuir !

J'entendis un bruit de pas précipité. Et puis des mains me saisirent brutalement par les pieds pour m'arracher du tas de foin.

Jacassant dans une langue inconnue, les Jekels capturèrent également Emily et Carl.

Les étranges petits hommes nous encerclèrent en nous aiguillonnant de la pointe de leur lance sans cesser de parler. Ils paraissaient très en colère.

Malgré le tragique de notre situation, mes amis et moi ne pouvions cesser de nous gratter et de nous secouer pour chasser les insectes qui s'étaient introduits sous nos vêtements.

Finalement, je pris une profonde respiration et me tournai vers nos agresseurs.

– S'il vous plaît, ne nous faites pas de mal, suppliai-je. Est-ce que… est-ce que vous me comprenez ?

Ils se turent, nous fixant de leurs petits yeux

méchants, leurs lances pointées sur nous.
– Est-ce que vous me comprenez ? répétai-je.
Ils demeurèrent muets.
– Laissez-nous partir ! s'énerva Emily. On n'est pas d'ici, on n'est pas de chez vous !
Silence.
Les lances s'approchaient, menaçantes ; le cercle se refermait sur nous. Cherchant désespérément un moyen de fuir, je regardai autour de moi. Je ne vis que des champs, des rangées de huttes moyenâgeuses, des feux brûlant tout près.
La gorge serrée, je compris que nous étions piégés. Aucun moyen de fuir ou de se cacher.
– Aïe ! m'écriai-je en sentant une pointe s'enfoncer dans mon dos.
Je me levai, obéissant. Que pouvais-je faire d'autre ? Les Jekels, grondant comme des bêtes, nous poussaient à petits coups de lance pour nous obliger à avancer.
– Hé, attendez ! criai-je, paniqué. Où nous emmenez-vous ?
Un grognement incompréhensible me répondit.
– Si seulement on avait une formule pour s'envoler ! murmura Carl. Ou un manteau magique qui nous rendrait invisibles !
– Ce n'est pas un jeu ! m'exclamai-je. Tout ça est vrai !
Les Jekels nous conduisirent sous la menace de leurs armes dans une hutte. Des braises qui rougeoyaient dans l'âtre éclairaient la pièce d'une vague lueur.

– Que vont-ils nous faire ? demanda Emily, horrifiée. Vont-ils… vont-ils… ?
– Je… je ne sais pas, répondis-je.
– Les Jekels tuent toujours leurs proies avant de les manger, chuchota Carl.
La peur me tordait le ventre, mes jambes ne me portaient plus.
Les Jekels, lances en avant, nous poussèrent vers le feu.
– On n'est pas des ennemis ! criai-je. Ne nous faites pas de mal !
– Laissez-nous partir ! gémit Emily. Vous n'avez pas le droit de nous garder !
Les affreuses créatures se contentaient de grogner, sans prêter la moindre attention à nos supplications.
– Ils sont petits, murmurai-je à l'oreille de Carl. Si on fonçait dans le tas, on pourrait peut-être passer.
Il secoua la tête :
– Non, les Jekels sont petits, mais ils sont doués d'une force surhumaine.
Je regardai autour de moi, affolé :
– Qu'est-ce qu'on va faire ?
Carl n'eut pas le temps de me répondre. On entendit dehors comme un raclement. Puis un Jekel vêtu de fourrure blanche pénétra dans la hutte.
Les autres se turent immédiatement et levèrent leurs lances, se mettant au garde-à-vous. Ils fixaient le nouvel arrivant avec gravité. Pas de doute, c'était leur chef.
Je l'examinai attentivement. Son manteau de four-

rure et son pantalon de cuir brillaient à la lueur du feu. Il n'avait pas les cheveux noirs, comme les autres. Une cascade de boucles dorées tombait sur ses épaules, ses yeux bleus étincelaient.

– Des visiteurs, déclara-t-il d'une voix étonnamment profonde.

– Vous… vous parlez notre langue ? bredouillai-je.

Il hocha la tête en rivant son regard au mien :

– Vous ne ressemblez pas à des chevaliers. Ni à des Krels.

Il s'approcha pour mieux nous observer.

– Êtes-vous des Goths ? demanda-t-il enfin. Êtes-vous des sorciers ?

Il attendait une réponse, les mains posées sur les hanches.

– On… on est simplement des enfants, bafouillai-je.

Il plissa les paupières :

– Des enfants ? Êtes-vous puissants ? Avez-vous des pouvoirs ?

– Non ! cria Emily. On n'a aucun pouvoir, laissez-nous partir !

– Nous ne sommes pas venus vous combattre. Nous sommes des… apprentis… des élèves… des enfants.

– Bien. Pourquoi êtes-vous ici, enfants ?

– On n'en sait rien, couina Carl. On a été transférés ici par un sorcier. On ne…

Les Jekels poussèrent des cris de stupeur au mot « sorcier ». Puis ils levèrent leurs lances comme s'ils se sentaient menacés.

– Par un sorcier ? répéta leur chef, les yeux écarquillés. Donc, vous êtes des apprentis sorciers ?
– Mais non ! hurlai-je. Nous n'avons aucun pouvoir ! Tout ceci n'est qu'une erreur, une lamentable erreur !
– On verra, murmura-t-il.
Il aboya un ordre, et deux Jekels sortirent de la hutte. Quelques secondes plus tard, ils réapparurent avec une grande coupe en argent.
Le chef la prit et nous montra son contenu. C'était un liquide noir qui bouillonnait, menaçant de déborder.
– Oh, fis-je, en reculant, dégoûté.
On aurait dit du sang.
– Buvez, ordonna le chef des Jekels en me tendant la coupe.
– Jamais de la vie !
Mon estomac se soulevait, j'avais envie de vomir. L'épais liquide dégoulinait hors du récipient.
– Buvez ! Ça n'est pas si mauvais.
– Mais… qu'est-ce que c'est ? marmonnai-je.
– Un poison. Un poison mortel.
Je hurlai :
– Et vous croyez que je vais boire votre poison ?
– C'est notre épreuve de Vérité, déclara-t-il. Si vous buvez ce breuvage et que vous survivez, cela signifiera que vous n'êtes pas des menteurs.
Je fixai le liquide noir et épais.
– Quelqu'un… quelqu'un a-t-il déjà survécu à cette chose ? demandai-je, épouvanté.

Il secoua la tête :
– Non… Pas encore.
Je serrai les mâchoires. Cette odeur répugnante me rendait malade.
– Ceci est l'épreuve de Vérité. Buvez maintenant, ou on vous tue !
Il me saisit la tête d'une main, et de l'autre il pressa la coupe contre mes lèvres.
– Bois, enfant !

20

Le liquide chaud et puant m'emplit la bouche. Détournant la tête, je le recrachai. J'avais sur la langue le goût immonde du poison.

Une nausée me tordit l'estomac. Alors…

Alors la coupe tomba des mains du Jekel, et son contenu se renversa sur la terre.

Soudain, le sol se mit à trembler.

Le chef des cannibales recula avec un cri sourd, ouvrant des yeux horrifiés.

Puis un énorme dragon surgit devant la hutte, un monstre rugissant. D'un revers de son énorme patte, il l'abattit. On eut juste le temps de se précipiter dehors. Les Jekels aussi s'enfuirent en hurlant.

Un autre dragon apparut, avançant pesamment dans le champ.

Et un autre encore…

Malgré la panique et l'obscurité, je voyais des silhouettes qui chevauchaient ces bêtes monstrueuses. Des hommes en armure juchés sur le dos des dra-

gons. Des chevaliers armés d'épées, de boucliers.
Les dragons poussaient des rugissements furieux, piétinaient tout sur leur passage, écrasant les huttes comme des boîtes d'allumettes.
Les chevaliers, accrochés à leurs longs cous, fonçaient sur les Jekels, l'épée levée.
Le champ entier résonnait de cris de guerre ; on entendait les hurlements triomphants des chevaliers, les rugissements des dragons et les gémissements terrifiés des Jekels.
Lâchant leurs lances, les petits cannibales s'enfuyaient à toutes jambes. Leur chef se mit à les poursuivre, leur ordonnant de rester et de combattre.
– C'est comme dans le jeu ! fit Carl en me poussant du coude.
– Partons ! s'exclama Emily.
Nous nous élançâmes, laissant derrière nous les Jekels, les chevaliers, les dragons, les huttes dévastées…
Nous courions comme des fous sur un grand champ.
Haletant, le cœur au bord de l'explosion, je risquai un coup d'œil en arrière.
Le village des Jekels était maintenant en feu, des flammes rouges se tordaient en crépitant et de longues volutes de fumée noire montaient vers le ciel étoilé.
Les Jekels, terrifiés, avaient tous disparu, tandis que les chevaliers sur leurs dragons poussaient des cris de victoire.
– Continuons ! cria Carl en me tirant par la manche.
Ne t'arrête pas ! Ces types sur leurs monstres pourraient devenir nos ennemis.

– S'ils nous prennent en chasse, haleta Emily, on est morts.
– Ce n'était pas un combat loyal, remarquai-je.
– Quelle importance ? rétorqua Carl. Tu as bien failli boire ce poison !
– Oh…
À cette seule pensée, une nausée me contracta l'estomac.
Je secouai la tête et repris ma course.
À l'extrémité du champ, un mur de végétation se dressa devant nous.
– On pourrait se cacher dans ce maïs, suggérai-je.
Têtes baissées, nous plongeâmes en écartant les hautes tiges.
Après quelques minutes de course, je m'arrêtai, hors d'haleine.
Je me pliai en deux, les mains appuyées sur les genoux, pour reprendre mon souffle.
– On est en sécurité, ici, chuchota Emily. Pour le moment, en tout cas.
– Oui, personne ne peut nous voir, acquiesça Carl.
– Je n'ai jamais vu de maïs aussi haut, dis-je. Il est si épais, si…
Je me tus et restai bouche bée : devant moi, je vis un épi s'ouvrir !
Une main frêle en sortit.
Et d'un coup, tous les épis de maïs s'épanouirent, des mains et des corps en jaillirent. De longs corps souples et luisants.
Des dizaines de créatures à tête verte et sans visage,

des dizaines, des centaines d'êtres caoutchouteux surgissaient des plantes.

Leurs longs bras maigres s'étendirent vers nous, leurs mains nous cherchèrent, nous serrèrent à nous étouffer.

– Des Stelks ! cria Emily. Tu te souviens des cartes, Colin ? Ce sont des Stelks !

– Je ne m'en souviens plus, hoquetai-je.

Des bras minces m'encerclaient la poitrine, s'enroulaient autour de mon cou, et serraient, serraient…

– Je ne peux plus respirer, souffla Carl. Je ne peux plus…

Je me débattais avec l'énergie du désespoir, à coups de pied, à coups d'ongles et de dents.

Mais ces étranges créatures, mi-bêtes mi-plantes, ne lâchaient pas prise.

Il y en avait trop, beaucoup trop.

Des milliers et des milliers d'épis continuaient à s'ouvrir, à libérer les silencieux et redoutables Stelks.

– Au secours ! m'étranglai-je. Au secours !

À TOI DE JOUER

21

Je refermai le livre d'un geste rageur.
– Quelle arnaque ! criai-je. Quelle stupide escroquerie !
Ma sœur Anny quitta son magazine des yeux :
– Qu'est-ce qu'il y a, Mark ? Tu es plongé dans ce bouquin depuis des heures. Je croyais qu'il te plaisait.
– Oui, il me plaisait. C'est bien pour ça que je trouve que c'est une arnaque.
Ma sœur remua la tête, ce qui fit rebondir ses longues boucles blondes.
Moi aussi, j'ai les cheveux bouclés, mais je suis brun et je n'ai pas une tête ronde de poupée.
Anny a onze ans, un an de moins que moi, mais elle se comporte comme si elle était ma sœur aînée. Elle faut toujours qu'elle fasse la raisonnable.
– De toute manière, ces histoires de dragons, de chevaliers, marmonna-t-elle, c'est d'un ennuyeux…
– Mais ce n'était pas ennuyeux ! Au contraire, c'était

super ! Ces trois gosses jouaient à un jeu de cartes, et…

– Je vois, suspense et chair de poule ! se moqua-t-elle en levant les yeux au ciel.

Je l'ignorai :

– L'histoire était passionnante et… et au moment où ça devenait vraiment terrifiant, tout s'arrête et qu'est-ce que je lis ? « À toi de jouer ! »

– Tu as raison, c'est du vol, acquiesça Anny.

Abandonnant sa revue, elle se laissa tomber par terre, près de moi :

– C'est quoi, le titre ?

– *Mort de peur*, lui répondis-je. C'est l'histoire d'un gars qui s'appelle Colin…

– Colin ?

– Oui, Colin Buckley. Il vole un jeu de cartes, et puis il découvre que ce jeu est diabolique, qu'il peut libérer des dragons, des chevaliers, d'étranges créatures.

– Super…

– Oui, mais Colin se rend compte que le propriétaire du jeu est un sorcier. Et quand il veut le lui rendre, le sorcier se met en colère. Il envoie Colin et ses amis dans le jeu.

Anny me regarda :

– Et ils doivent combattre les dragons ?

– Oui. Mais, bientôt, ils sont capturés par d'étranges créatures sorties d'épis de maïs. Et avant qu'ils ne puissent tenter de fuir, l'histoire se termine par : « à toi de jouer » !

Ma sœur éclata de rire :
– L'auteur n'avait sans doute plus d'idées !
– Tout à fait d'accord, soupirai-je, dépité. Ce type est nul !
Ramassant le livre, Anny le feuilleta.
– Waou ! s'exclama-t-elle. Regarde ce que j'ai trouvé. Il y a une pochette derrière la couverture.
Elle la sortit.
C'était un jeu de cartes. Elle me le tendit. Je l'ouvris, le feuilletai…
Des Krels… des dragons… des Jekels…
– Mais… c'est le jeu de l'histoire ! criai-je, tout excité. Regarde, tous les personnages y sont !
Je triai les cartes, les disposant en quatre piles : les Pouvoirs, les Personnages, les Actions, les Destins.
– Trouve-nous des dés, dis-je à Anny. On va y jouer.
Elle grimaça :
– Tu veux jouer à ce truc ?
– Bien sûr ! Ça va être super. De toute manière, on n'a rien à faire.
L'été touchait à sa fin, l'ennui nous rongeait. Nos parents, en vacances en France, nous avaient confiés à notre grand-mère, une vieille dame un peu excentrique.
– Je ne sais pas si j'ai envie de jouer, marmonna Anny. Ces cartes me font peur !
– Allez, insistai-je, ça va être amusant. Et si ça fait peur, ça sera encore plus excitant.
Elle hésita :
– Tu as dit toi-même que c'était dangereux.

– Mais ce n'est qu'un jeu ! C'est comme si on racontait une histoire. On l'invente au fur et à mesure.

– Bon… d'accord. Mais pas longtemps.

Ma sœur revint avec quatre dés et s'assit par terre, face à moi.

– C'est moi qui commence, déclara-t-elle.

– D'accord, acceptai-je en indiquant une pile de cartes. Tu dois d'abord tirer un Personnage. C'est lui qui jouera pour toi durant toute la partie. Vas-y.

Elle étala les cartes, les contempla d'un air pénétré, même si elle n'en voyait que le dos.

– Allez, Anny, joue ! m'énervai-je.

– Ça va, calme-toi !

Anny choisit une carte, la retourna.

À cet instant, la pièce fut plongée dans le noir total.

22

Nous poussâmes un cri de surprise.

– Qu'est-ce qui se passe ?

Soudain, j'eus le souffle coupé, comme si quelque chose me comprimait la poitrine.

Je tombai à la renverse. Je me débattis, toussant et essayant désespérément d'aspirer un peu d'air.

– Ahhhhh !

Un gémissement étranglé s'échappa de ma gorge.

Tout à coup, l'étreinte se desserra. Ouf ! Je pouvais à nouveau respirer.

Je pris de longues bouffées d'air.

– Anny ?

Pas de réponse.

– Anny, où es-tu ? Tu vas bien ?

Une pâle lueur perçait l'obscurité. Levant les yeux, je vis une énorme lune, blanche et très basse, dérivant lentement dans le ciel.

Quelqu'un soupira derrière moi. Je me retournai.

C'était Anny, assise par terre, qui secouait la tête d'un air ahuri.
Elle fixa un instant le ciel, puis murmura :
– Qu'est-ce qu'on fiche là, Mark ? Et pourquoi est-ce qu'il fait nuit ?
Je me relevai, les jambes flageolantes, et regardai autour de moi.
Nous étions au milieu d'un champ. Au loin, je distinguai une meule de foin et, au-delà, des feux qui embrasaient de petites huttes.
Anny se releva, épousseta son short d'une main, puis me saisit par le bras :
– Comment sommes-nous arrivés là ? Qu'est-ce que c'est que cet endroit ? Où est la maison ?
Ma gorge se serra. Je ne pouvais répondre à aucune de ces questions.
Soudain, je sursautai. Des coups sourds faisaient trembler la terre.
– Viens ! criai-je en prenant ma sœur par la main.
Courant à toutes jambes, je la traînai derrière un bouquet d'arbustes.
BOUM, BOUM, BOUM…
Le dragon apparut à la lueur de la lune.
Son énorme ventre se gonflait et se creusait au rythme de ses pas, des ailes membraneuses se déployaient au-dessus de ses épaules massives hérissées de pointes.
– Un… un dragon ! bégayai-je. Comme dans le jeu !
La bête, le regard rivé devant elle, avançait lourdement en balançant son long cou. Bouche bée, nous la

regardâmes passer à pas lourds devant notre cachette. Le dragon allait-il nous voir ? Nous avait-il flairés ? Nous cherchait-il ?

Non. Il marchait droit devant lui, ses énormes pattes écrasant la terre.

Nous le suivîmes des yeux sans oser faire un geste jusqu'à ce qu'il disparaisse derrière les huttes.

Alors, tâchant de raffermir ma voix, je déclarai :

– Je sais où nous sommes.

Je crus que ma sœur allait me broyer la main tant elle la serrait. Puis, me lâchant brusquement, elle ordonna d'une voix étranglée :

– Sors-nous d'ici immédiatement, Mark ! Je me fiche de savoir où on est, je veux rentrer à la maison !

D'un ton aussi détaché que possible, je déclarai :

– On est dans le jeu de cartes…

– Je ne plaisante pas, dit Anny.

– Moi non plus. C'est exactement ce qui est arrivé à Colin et à ses amis dans le livre.

– Mais c'est une histoire ! s'écria ma sœur. Là, on est dans la réalité, Mark. J'ai peur, j'ai vraiment la trouille !

– Moi aussi, avouai-je.

– Qu'allons-nous devenir ? gémit-elle. Comment va-t-on rentrer ? Faut-il réciter des formules magiques ?

– Des formules magiques ? répétai-je en la fixant. Non, non, je ne crois pas…

– Alors quoi ? hurla-t-elle. Fais quelque chose, Mark ! Tout ça est de ta faute ! Sors-nous de là !

– Arrête, Anny, calme-toi, suppliai-je en la prenant

par les épaules. Ne panique pas, je vais trouver une solution. Si tu t'affoles, je…
– Je ne panique pas, je suis morte de peur !
– J'ai une idée, la coupai-je. Calme-toi et écoute.
Anny tremblait comme une feuille :
– Quelle idée ?
– Les cartes, soufflai-je, très concentré. Lorsque les héros du livre rangent les cartes dans leur boîte, tout redevient normal.
– Ah oui ?
– Il faut retrouver les cartes et la boîte.
Sortant des buissons, nous suivîmes nos empreintes dans la terre, enjambant celles, énormes et profondes, du dragon. Soudain, je m'écriai :
– Ici ! C'est ici qu'on a atterri !
Le champ boueux luisait sous le clair de lune argenté. La brise se leva, l'air humide devint glacial.
– Je ne vois pas les cartes, dit Anny d'une toute petite voix.
Penchés en avant, nous scrutâmes le sol à la recherche du jeu.
Rien.
Je soupirai, dépité :
– Elles doivent être à la maison, elles ne nous ont pas suivis.
– Alors, comment allons-nous rentrer ? demanda ma sœur.
Et elle se mit à pleurer. Je ne savais plus quoi faire.
– Continuons à marcher, gémit Anny. On finira bien par trouver une ville, un téléphone.

Je la pris de nouveau par les épaules pour la raisonner :
– Anny, tu ne comprends pas… On ne trouvera pas de téléphone… ni de ville. On est dans un monde médiéval, peuplé de dragons, de chevaliers, de créatures bizarres…
Elle me fixa avec des yeux pleins de terreur. Un cri monta dans sa gorge, la panique envahit son regard.
– On va s'en sortir, Anny. On va trouver un moyen, ce n'est qu'un jeu.
– Jamais on ne rentrera à la maison si on reste au milieu de ce champ, dit-elle dans un sanglot.
– Oui, c'est vrai, on n'est pas en sécurité ici.
Je repensai au monstre terrifiant. Il y en avait sans doute d'autres qui arpentaient les champs pendant la nuit.
Un peu plus loin, j'aperçus un rideau d'arbres.
– Allons vers la forêt, dis-je. On tombera peut-être sur un sentier qui nous mènera vers la civilisation.
Anny se contenta de hocher la tête.
Et on se mit en route. Pour rassurer ma sœur, je marchais devant. Nos sandales s'enfonçaient dans le sol mou du bois.
Soudain, je posai le pied sur quelque chose de dur, qui me parut être une grosse branche. J'entendis un craquement.
Alors le sol se déroba sous nos pieds tandis qu'un épais filet nous emprisonnait.
– Un piège ! hurlai-je. On est pris comme des rats !

23

Nous étions suspendus dans le vide, comme des oiseaux dans une cage.

– Il faut sortir de là ! pleurnichait ma sœur en s'accrochant à moi. Il faut déchirer ce truc !

Je tirai de toutes mes forces sur les mailles du filet, mais la corde dont il était tressé était d'une solidité à toute épreuve, et je ne réussis qu'à m'écorcher les mains.

Mon esprit fut submergé par mille questions angoissantes, trop effrayantes pour que je les partage avec Anny.

Et si ce piège avait été posé des années plus tôt ? Et si personne ne venait jamais le relever ?

« Si le chasseur ne vient pas, on va mourir ici, me dis-je. Mais si le piège est récent, alors… »

Alors, c'était peut-être pire !

« Quelle proie celui qui a installé ce piège essayait-il de capturer ? Une bête, ou bien… ? »

Je frémis en pensant aux Jekels, les mangeurs d'hommes.

Soudain, l'épais tapis de feuilles mortes se mit à craquer.

– Quelqu'un arrive ! murmurai-je, le cœur battant.

– J'espère que c'est quelqu'un de gentil, chuchota Anny.

On aperçut bientôt une petite silhouette trapue qui avançait à pas lourds.

J'étouffai un cri.

Vêtue d'une veste en fourrure, la créature avait une allure à peu près humaine, mais ses oreilles noires, dépassant d'une broussaille de cheveux, ressemblaient à celles d'un cochon. Et sous son nez en forme de groin, de longs crocs soulevaient ses babines humides.

– Ohé ! lança Anny d'une petite voix. Pouvez-vous nous sortir de là ?

L'étrange créature leva la tête et nous regarda en se grattant le menton de sa longue main à trois doigts griffus.

– Ohé ! reprit Anny. Vous me comprenez ?

La créature répondit par un grognement.

– S'il vous plaît…, commençai-je.

Brusquement, un drôle de bruit me fit taire. Cela faisait : yip, yip, yip !

Un petit animal avait rejoint la créature. Il jappait, sautait et frappait le filet de ses fins sabots noirs. Son corps à la peau jaune évoquait celui d'un teckel sans poil. Lorsqu'il ouvrait la gueule, on voyait deux rangées de dents pointues, tranchantes comme des rasoirs.

La créature à forme humaine lui tapota affectueusement la tête, puis saisit le filet et le secoua.

– Il… il va nous sortir de là ! m'exclamai-je.

J'avais tort.

Le chasseur se contenta de décrocher le filet pour nous emporter, Anny et moi, toujours emprisonnés dedans, en nous traînant à travers la forêt.

Impossible de fuir !

L'individu, mi-homme, mi-bête, était pourvu d'une force incroyable. Son petit animal tout excité continuait de japper en décrivant des cercles autour de nous.

De la bave coulait du groin de la créature et dégoulinait sur ses crocs qu'elle ne cessait de lécher de sa langue bleue.

Ma sœur et moi, terrifiés, rebondissions sur tous les creux et bosses du chemin, au gré de la marche de notre geôlier.

Enfin, il s'arrêta.

Où nous avait-il emmenés ? En me tordant le cou, j'aperçus un long bâtiment en pierre grise, très bas, percé d'une petite porte, mais sans aucune fenêtre. Était-ce sa maison ?

Grognant et bavant, la créature se dirigea vers une autre construction de pierre, beaucoup plus petite. Des flammes rougeoyaient dans l'ouverture de la porte.

La créature prit une bûche et alimenta le feu.

– Mark…, chuchota Anny, qu'est-ce que c'est ?
Je déglutis avec difficulté :
– On dirait un four.
Ma sœur hoqueta d'horreur :
– Tu veux dire… qu'il va nous faire cuire ?
Je ne répondis rien. Je ne pouvais que regarder le cannibale présumé qui se léchait les babines d'un air affamé en tisonnant les braises.
– Qu'est-ce qu'il faut faire, Mark ? cria Anny. Tu as lu le livre, toi ! Tu as sûrement une idée !
Eh bien, non, je n'en avais pas la moindre.

24

Le chasseur continuait d'attiser son feu sans nous prêter attention. Enfin, il s'approcha de nous...
Impuissant, je vis un sourire se dessiner sur son visage de cochon. Le sourire satisfait de celui qui a faim et qui ne va pas tarder à se régaler ! La petite bête qui lui servait de chien haletait, impatiente, en courant autour de son maître.
Tout mon corps me faisait mal, mon cœur cognait douloureusement dans ma poitrine, des pensées désespérées tourbillonnaient dans ma tête…
– Il va devoir nous sortir du filet, murmurai-je à Anny. Dès qu'il le soulèvera, il faudra courir. Le plus vite possible. Il ne pourra pas nous rattraper tous les deux.
Encore une fois, j'avais tort.
La créature n'ôta pas le filet. Elle nous traîna jusque devant le four, si près que la chaleur nous mordit le visage.

Je fermai les yeux. C'en était fini de nous, nous allions mourir…
La créature ouvrit le filet, mais avant qu'Anny ou moi ayons eu le temps de faire un geste, elle nous avait agrippés par le bras.
Sa poigne puissante nous tenait fermement.
– Je vous en supplie…, gémis-je. Non ! Non !
Déjà, le monstre nous poussait vers la gueule du four.
– Arrêtez ! hurla Anny. Vous n'avez pas le droit ! Vous n'avez pas le droit !
Le visage impassible, le cannibale grogna.
Son espèce de chien jappait d'excitation, sautant autour de son maître.
C'est alors que j'eus une idée.
Tendant le bras, je saisis le petit animal par le cou. Il poussa un couinement de surprise. Je commençai à l'approcher du four. Il se débattit furieusement.
Le chasseur grogna de colère, et il me lâcha.
– Laissez-nous partir ! criai-je. Laissez-nous partir où je fais griller votre toutou !
Il lâcha ma sœur.
Tremblante, Anny recula vivement sans quitter des yeux l'homme-cochon.
– Je vais le mettre dans le four ! menaçai-je en brandissant ma proie devant les flammes.
Les yeux de la créature s'emplirent d'effroi. Levant les deux mains, elle me fit signe qu'elle se rendait et recula d'un pas.
– Cours ! ordonnai-je à ma sœur. Il ne te poursuivra pas tant qu'il croira sa bête en danger.

Anny hésita.
– Allez, cours !
Elle m'obéit enfin et s'élança vers la forêt.
Tenant toujours l'animal à bout de bras, je m'écartai lentement du four.
– Ne bougez pas ! Ne bougez pas ou je le jette dans le feu ! Je ne plaisante pas !
L'homme-cochon soupira, les épaules voûtées, vaincu.
Je fis un pas en arrière, un autre…
Puis je laissai tomber l'animal, pivotai et détalai comme un lapin, sans regarder derrière moi. Jamais je n'avais couru aussi vite.
À demi aveuglé, les poumons en feu, les jambes douloureuses, je courais, je courais.
Je rattrapai ma sœur à l'orée de la forêt. J'aperçus alors un champ de maïs. J'eus la force de lui crier :
– Fonce ! On va se cacher dans le maïs !
– Est-ce qu'il nous suit ?
– Je n'en sais rien… Je ne crois pas.
Nous plongeâmes entre les hautes tiges sèches, qui craquaient en se refermant derrière nous.
Quelques instants après, nous nous arretâmes, hors d'haleine. Nous tombâmes à genoux, luttant pour aspirer quelques bouffées d'air.
– Et maintenant ? fit Anny.
J'ouvrais la bouche pour répondre quand un craquement me rendit muet.
Mon cœur bondit.
D'autres craquements, proches, si proches.
– Le livre ! m'exclamai-je.

L'atroce fin de l'histoire venait de me revenir en mémoire. Scrutant les hautes tiges qui nous dominaient, j'ouvris des yeux terrifiés.

– Les Stelks ! hurlai-je. Les Stelks vont sortir du maïs… Ils vont nous étrangler !

Une vague d'épouvante me submergea.

Je fermai les yeux.

Non, non, je ne voulais pas voir ça.

25

Trop tard pour s'échapper ! J'entendais des craquements. Je sentais les grands épis se balancer autour de moi, puis…

Puis j'ouvris les yeux et vis apparaître trois silhouettes. Trois gosses de notre âge, habillés comme nous ! Deux garçons et une fille.

On se regarda tous les cinq, bouche bée.

– Hé, qui êtes-vous ? demandai-je d'une voix tremblante.

– Et vous ? rétorqua la fille.

Anny et moi les fixions, attendant qu'ils découvrent leurs crocs, qu'ils déplient leurs ailes, qu'ils montrent leurs griffes.

Étaient-ils des monstres de légende ?

– Je m'appelle Colin, dit un des deux garçons. Et voici mes amis, Emily et Carl.

– Impossible ! m'écriai-je. J'ai lu *Mort de peur* ! J'ai lu ce livre ! Vous n'existez pas, vous n'êtes que des héros de bouquin !

Emily éclata d'un rire sans joie. Carl, un grand gars costaud, secoua la tête d'un air atterré.
– Nous sommes réels, reprit Colin, solennel. Vous pouvez nous pincer pour vérifier.
Ce disant, il me tendit son bras, que je touchai. Oui, il était bel et bien de chair et de sang, comme nous !
– On n'est pas les personnages d'une histoire, dit Emily tristement. On est réels, et pris au piège. On…
– Est-ce le sorcier qui vous a envoyés dans… dans ce lieu ? l'interrompit Carl.
– Quel sorcier ? répliqua Anny en plissant les yeux. On ne connaît aucun sorcier.
– Alors comment avez-vous atterri ici ? s'étonna Colin.
– Mark et moi jouions aux cartes quand, subitement, tout est devenu noir, répondit Anny. Et puis…
– Les cartes ! cria Emily, excitée. Vous les avez ?
Ils nous regardaient comme si nous étions des sauveurs descendus du ciel. Je soupirai :
– Non, désolé. Anny et moi, on a cherché le jeu partout, mais on ne l'a pas retrouvé.
Colin grommela :
– Alors, c'est fini. On est piégés pour l'éternité.
– Ouais, condamnés, ajouta Carl en arrachant rageusement un épi qu'il cassa en deux.
– On n'a aucune chance de s'en sortir, gémit Emily. On ne peut rien faire contre des armées de dragons, de méchants chevaliers, de Krels, de Jekels.
Sa plainte s'acheva dans un sanglot.

– À moins de…, commença Anny.
Tout le monde se tourna vers elle.
– À moins de quoi ? demandai-je, impatient.
– À moins de trouver un autre sorcier, pardi !
Après un instant de silence, Colin s'écria :
– Mais oui ! Brillante idée !
– Tout à fait d'accord, acquiesça Carl. C'est une idée extraordinaire. Il y a sûrement un sorcier dans les parages. Tous les personnages du jeu sont réunis dans ce monde !
J'éclatai de rire :
– D'accord, allons-y !
Et nous nous mîmes en route. Nous traversâmes le champ de maïs, Colin et moi en tête. L'idée d'Anny nous avait redonné un peu d'espoir, et, à cinq, nous nous sentions plus forts.
Mais à peine sortis du champ, nous découvrîmes, terrorisés, une armée de Krels. Des centaines de Krels à cheval, armés de lances et d'épées, prêts à fondre sur nous.

26

Faisant volte-face, je saisis Anny par la main pour l'entraîner à l'abri du maïs. Trop tard ! Les Krels nous avaient vus !

Éperonnant leurs chevaux, ils foncèrent sur nous en nous menaçant de leurs lances.

– C'est fichu, marmonna Carl en secouant la tête. Aucun sorcier ne pourra plus nous aider, maintenant.

Une dizaine de Krels nous avaient encerclés. Ils nous obligèrent à avancer tandis que le reste de la troupe suivait.

Bientôt, la lune disparut derrière un banc de nuages ; la nuit devint glaciale.

Nous marchâmes pendant des heures dans la boue. J'étais en sueur, j'avais les jambes en coton, la gorge sèche et douloureuse. Ma sœur semblait exténuée. Elle respirait difficilement et luttait pour garder le rythme.

– Où nous emmènent-ils ? haleta-t-elle. Que vont-ils faire de nous ?
Je haussai les épaules sans répondre. Je n'en savais rien. Mais je n'avais plus beaucoup d'espoir.
– Ils vont nous obliger à marcher jusqu'à ce qu'on s'écroule, se plaignit Carl.
Nous atteignîmes enfin une forêt touffue.
Les Krels nous forcèrent à emprunter un sentier sinueux, bordé de ronces qui nous écorchaient la peau.
Bientôt, les arbres s'espacèrent et le sentier déboucha sur une colline herbeuse.
Derrière nous, l'armée des Krels se mit à psalmodier :
– Pas de pitié... Pas de pitié... Pas de pitié...
À ces mots, mon cœur battit plus vite, je ne parvenais plus à respirer. Je voulus m'arrêter, mais la pointe d'une lance me piquant le dos m'obligea à continuer.
– Pas de pitié... Pas de pitié... Pas de pitié..., chantaient les Krels d'une voix sinistre.
Le sentier dessina une courbe puis... il n'y eut plus de sentier !
On était au bord d'une falaise.

Alors les Krels abaissèrent leurs lances et nous firent signe d'avancer.
– Mais qu'est-ce qu'ils veulent ? cria Colin, paniqué. Ils veulent qu'on saute ?
Tous les cinq, nous levâmes les mains.

– S'il vous plaît ! suppliai-je en essayant de dominer leur horrible chant. Laissez-nous partir ! On n'est que des enfants, on n'est pas des guerriers !
– Pas de pitié… Pas de pitié… Pas de pitié…
Ils nous repoussaient du bout de leurs lances, nous forçant à reculer vers le bord du précipice.
– Adieu, Mark, murmura ma sœur en me saisissant la main. Tu as été un bon frère.
Dans un sanglot, je m'apprêtais à lui dire adieu à mon tour.
Tout à coup, je criai :
– J'ai une idée !

27

Je me tournai vers Colin :
– Fouille la poche arrière de ton jean, vite !
Il me regarda comme si j'étais une bête de foire :
– Quoi ?
– Vite ! La carte, la carte du sorcier est dans ta poche !
– Pas de pitié... Pas de pitié... Pas de pitié..., chantaient les Krels, dressés sur leurs chevaux.
Peu à peu, ils se rapprochaient de nous, les yeux menaçants, les lances pointées sur nos cœurs.
– Dans le livre, quand la carte du sorcier glisse de la boîte, tu la ranges dans la poche arrière de ton jean ! continuai-je.
La main de Colin trembla lorsqu'il brandit la carte. Sur celle-ci, j'aperçus le visage de M. Croseri.
– Qu'est-ce que je fais, maintenant ? demanda Colin.
– Essaie de lui parler, suggéra Emily.
– Quoi ? Mais ce n'est qu'un bout de carton !
– Jette-la en bas de la falaise ! dit Carl. Ça nous ramènera peut-être à la maison !

Mort de peur, Colin leva le bras. Il se préparait à jeter la carte… Je hurlai :
– Non ! Déchire-la, Colin ! Déchire-la pour détruire la magie du sorcier !
– Oui ! s'exclama-t-il. C'est ça !
Mais…
Mais une brusque rafale de vent lui arracha la carte des mains.
Et elle s'envola au-dessus du vide…

28

– Nooon !

Mon cri déchira la nuit.

Notre seul espoir… Notre seul espoir s'envolait !

Sans réfléchir, je fis un bond extraordinaire, essayant d'atteindre la carte.

Je la manquai, et je tombai dans le vide.

Dans un effort surhumain, j'attrapai la carte. Je la déchirai.

Je la déchirai alors que je tombais, tombais…

Je la déchirai en mille morceaux.

Je voyais le sol se rapprocher de moi à une vitesse vertigineuse.

Puis l'obscurité dévora l'espace. Tout devint sombre, silencieux et froid. Si froid.

« Est-ce que ça va marcher ? Ai-je annulé le charme du sorcier ? Mon geste nous renverra-t-il tous à la maison ? »

À TOI DE JOUER

29

– Quelle arnaque ! criai-je, rageur. Quelle stupide escroquerie !

Assise à la même table que moi, mon amie Brenda leva les yeux de son cahier.

– Chut, fit-elle en posant un doigt sur la bouche. Tu te souviens, Ross, qu'on est censés travailler en silence. Tu vas avoir des problèmes…

– Je m'en fiche ! explosai-je. Ce livre, il… il…

– De quel livre parles-tu ? demanda-t-elle en jetant un coup d'œil vers le tableau.

Notre professeur, Mlle Freed, était sortie de la classe pour quelques instants. Avant de partir, elle avait inscrit au tableau le numéro d'un exercice à faire.

– J'ai acheté ce bouquin à un nouveau voisin qui mettait de vieux trucs en vente, répondis-je en refermant le livre. Mort de peur, ça s'appelle. Mais ça s'arrête juste quand ça devient intéressant. L'auteur ne termine pas son histoire.

– Tu n'as qu'à le rendre à ton voisin, suggéra Brenda.

Peut-être qu'il te remboursera si tu insistes.
– Bonne idée.
Mlle Freed était revenue. Debout sur le seuil de la porte, elle me jeta un regard sévère. Je baissai les yeux et fis semblant de réfléchir à mon exercice en mordillant mon stylo.
Après les cours, je décidai de suivre le conseil de Brenda. Je fourrai le livre dans mon sac à dos, enfourchai mon vélo et fonçai en direction de la maison du voisin.
Je sonnai à sa porte et attendis.
Quelques secondes plus tard, l'homme qui avait organisé la vente m'ouvrit.
– Excusez-moi, monsieur... J'ai acheté ce livre dans votre vente, dis-je en le lui tendant. Mais il n'a pas de fin. Vous pourriez me le reprendre et me rendre mon argent ?
Le voisin fronça les sourcils, puis il me regarda d'un drôle d'air.
– Entre, m'invita-t-il. Je crois qu'on peut s'arranger.
S'arranger ? Que voulait-il dire ?
Je le suivis vers un salon encombré d'un tas de meubles anciens. On aurait dit une brocante.
– Je ne te rendrai pas ton argent, mais je veux bien te l'échanger contre autre chose, déclara-t-il en fouillant dans une pile de vieux livres et de magazines posés sur une table basse.
Il en sortit une petite boîte rectangulaire, qu'il me tendit :
– Tiens, prends ça. Ça te va ?

Un léger sourire se dessina sur son visage ridé :

– Des enfants que je connais m'ont assuré que c'était très amusant.

Je pris l'objet. C'était un simple jeu de cartes !

– Ouais, ça a l'air amusant, fis-je, peu convaincu.

– Voilà ! Tu pourras y jouer avec tes amis. Mais, s'il ne te plaît pas, ne reviens pas me déranger.

Bah, l'échange n'était pas si mauvais, après tout. Le voisin était plutôt sympa.

– D'accord, j'accepte.

Je glissai le jeu de cartes dans la poche de ma veste et m'élançai au-dehors.

Avant de monter sur mon vélo, je me tournai vers l'homme qui m'observait depuis le seuil de sa porte.

– Je vais inviter des amis pour y jouer, lui lançai-je. Au revoir, monsieur… Monsieur comment ?

– Croseri…

– Monsieur Croseri ?

Je sortis le jeu de ma poche. Sur la boîte était écrit :

MORT DE PEUR !

FIN

EXTRAIT

Et pour avoir
encore la

Chair de poule®

lis

ces quelques pages de

LA VOITURE HANTÉE

EXTRAIT

– Les verrous ? reprit M. Douglas en plissant ses petits yeux bleus.
Je me sentis rougir ; je n'avais pas voulu qu'il m'entende. Il sortit de sa poche un trousseau de clés et expliqua :
– Je dois protéger la voiture. Le quartier n'est pas sûr et plusieurs voisins se sont fait voler la leur.
Il lui fallut un temps infini pour les ouvrir tous. Quand enfin il fit basculer la porte, mon cœur tambourinait d'excitation.
Le soleil de cette belle matinée pénétra dans le garage, illuminant la voiture. Les pare-chocs scintillèrent comme s'ils étaient d'or pur. Le coffre bombé se para de reflets argentés.
– Ouah ! lâchai-je dans un souffle.
Même vue de derrière, cette auto était absolument magnifique.

– C’est une voiture de sport, expliqua M. Douglas, mais elle a quatre vraies places.
– Nous sommes quatre dans la famille ! déclarai-je, ravi.
M. Douglas remit le trousseau de clés dans sa poche.
– Comme vous voyez, elle n’a pas une égratignure. Et elle a moins de dix mille kilomètres. Je l’ai à peine conduite.
– C’est incroyable ! m’exclamai-je.
– Du calme, Mitchell, lança mon père en fronçant les sourcils.
Nous fîmes le tour du véhicule, et je ne pus m’empêcher de caresser sa carrosserie rutilante. Cette merveille était bleu métallisé, avec un intérieur en cuir blanc. Surbaissée, elle était profilée de telle manière que, même à l’arrêt, elle semblait filer comme le vent.
Elle me rappelait le dernier modèle de Corvette. Elle avait la même ligne aérodynamique, à ce détail près qu’elle possédait une banquette arrière.
Je me penchai et lâchai un cri de stupéfaction en découvrant les innombrables cadrans du tableau de bord.
– Mitchell a l’air de beaucoup l’apprécier, commenta mon père avec un petit rire.
M. Douglas ne répondit pas. Il passa une main fébrile dans ses cheveux maigres : il ne quittait pas la voiture des yeux.

Mon père sortit du garage.
– Il y a un problème avec cette voiture ? demanda-t-il au propriétaire. Pourquoi voulez-vous la vendre ?
– Un problème ? reprit M. Douglas, l'air pensif. Non, non. Aucun problème... Je n'en ai pas l'usage, c'est tout.
Il se détourna un instant, et je remarquai que sa main droite tremblait légèrement. Il la glissa aussitôt dans sa poche.
Mon père se pencha pour examiner les pneus.
– Ils sont neufs, murmura-t-il tout en caressant un enjoliveur chromé.
– Vous voulez l'essayer ? proposa M. Douglas.
– Oui ! m'écriai-je.
Mon père me lança à nouveau un regard lourd de reproches.
– Pourquoi pas ? dit-il. Si vous voulez bien nous emmener faire un tour... J'aimerais voir comment elle se comporte sur la route.
– Oh, pas moi ! s'exclama le propriétaire avec un mouvement de recul.
Sa réaction m'étonna. Pourquoi semblait-il effrayé ?
– C'est que... je ne suis pas un bon conducteur, bafouilla-t-il en se raclant la gorge. Je préfère que vous la conduisiez.
Il sortit les clés de sa poche et les tendit à mon père.
Je remarquai que sa main tremblait toujours.
– Faites le tour du quartier... Je vous attends ici.

EXTRAIT

Mon père s'étonna :
– Vous ne voulez pas nous accompagner ?
M. Douglas plaça d'autorité les clés dans la main de mon père :
– Non… Je… j'ai des choses à faire. Je n'ai pas encore pris mon petit déjeuner.
– Oh, excusez-nous. Nous vous avons dérangé.
– Montez et essayez-la, insista l'homme. Je vous laisse la sortir du garage. À votre retour, nous pourrons discuter du prix. Je… je suis sûr qu'elle va vous plaire. C'est une excellente voiture.
Sur ces mots, il s'éloigna à grandes enjambées. Nous le vîmes rentrer chez lui sans plus s'occuper de nous.
– Bizarre, murmura mon père.
J'allai m'installer sur la place du passager. Les sièges en cuir étaient doux et confortables. Mon père me rejoignit et ajusta le rétroviseur.
– Pourquoi semblait-il si effrayé ? lui demandai-je.
– Va savoir ! répondit-il en haussant les épaules. On va l'essayer sans lui. Qu'est-ce qu'on risque ?
Il glissa la clé dans le contact.

EXTRAIT

La voiture répondit au quart de tour. Mon père accéléra légèrement, et le moteur se mit à rugir.
– Joli bruit, apprécia-t-il.
Empoignant le levier de la boîte automatique, il engagea la marche arrière. La voiture roula doucement hors du garage.
Je remarquai M. Douglas qui nous observait depuis sa fenêtre, immobile comme une statue.
Mon père mit le levier en position « conduite » et nous partîmes faire le tour du quartier. Il tourna à droite, accéléra, puis ralentit, appuya brusquement sur les freins pour les tester et vira d'un seul coup sur la gauche.
– Elle réagit à merveille, commenta-t-il en me décochant un sourire réjoui. Cette voiture se conduit toute seule.
– Achetons-la ! m'écriai-je.

– Hé ! Du calme ! dit mon père, amusé. On n'achète pas une voiture sur un coup de tête. Et puis, je suis sûr qu'elle est beaucoup trop chère pour nous. M. Douglas va en demander au moins trente mille dollars.
– Mais l'annonce disait…
– Ça ne veut rien dire, m'interrompit mon père. C'est une voiture de luxe, Mitchell. Tu connais les autos mieux que moi, tu dois savoir qu'elle n'est pas dans nos moyens.
– C'est vrai qu'elle est fantastique, admis-je tout en caressant le tableau de bord en ronce de noyer.
Mon père mit la radio. La musique envahit l'habitacle depuis quatre haut-parleurs. Ensuite, il testa les phares, le chauffage, la climatisation…
– Tout fonctionne à la perfection, dit-il en reprenant le chemin de Wilbourne Street. Ça m'étonne que M. Douglas veuille se séparer d'un tel bijou.
– Moi, ce qui m'étonne, c'est qu'il n'ait pas voulu nous accompagner, ajoutai-je.
Mon père s'engagea dans l'allée de graviers et arrêta le moteur.
– Demande toujours combien il la vend, le pressai-je. Ça ne coûte rien de se renseigner.
Mon père poussa un profond soupir :
– Ne te fais pas trop d'illusions, Mitchell. Jamais je n'aurai les moyens d'acheter une aussi belle voiture.
En sortant, mon père faillit heurter M. Douglas qui accourait. Ses petits yeux délavés me regardaient

fixement. Il prit un mouchoir dans sa poche pour s'éponger le front.
Je ne comprenais pas pourquoi il était en sueur ; la matinée était plutôt fraîche.
– Vous êtes de retour, commenta-t-il finalement.
« C'est bizarre, songeai-je. Il paraît soulagé de nous revoir. Il ne croyait tout de même pas que nous allions nous enfuir avec sa voiture ? »
– Elle est très belle, dit mon père en tapotant le toit rutilant.
– Vous l'aimez ? demanda M. Douglas. C'est une très bonne voiture familiale. Votre femme conduit, elle aussi ?
– Oui, répondit mon père. Je crois qu'elle…
– Moi, je pourrai conduire dans quatre ans si je prends des cours au collège ! l'interrompis-je d'une voix excitée. Mais je sais déjà comment on fait. Papa m'a laissé prendre le volant une fois, dans le désert de l'Arizona.
Je pensais que M. Douglas allait sourire à ma remarque, mais à ma grande stupéfaction, il réprima un frisson et ses yeux se remplirent de larmes.
Gêné, il détourna le visage.
– J'ai dû prendre froid, marmonna-t-il en se mouchant bruyamment.
– J'aime beaucoup cette voiture, dit mon père en se frottant les joues. Mais nous cherchons quelque chose d'un peu moins…

EXTRAIT

– Je peux vous faire un prix d'ami, trancha M. Douglas. Je veux vraiment m'en séparer.
À cet instant, il jeta un regard fielleux sur l'automobile ; l'expression de son visage m'arracha un frisson.
Mon père recula légèrement en secouant la tête :
– Je ne crois pas…
– Est-ce que cinq cents dollars, ça vous conviendrait ? insista M. Douglas.
– Cinq cents ? s'étonna mon père. En acompte ?
– Non, c'est le prix définitif. C'est une occasion, vous savez, même si elle semble neuve. Je vous la laisse pour cinq cents dollars.
– Papa, achète-la ! chuchotai-je en tirant mon père par sa manche.
J'avais envie de hurler de joie et de danser tout autour de la voiture, mais je parvins à garder mon sang-froid.
Mon père continuait à se frotter les joues comme s'il réfléchissait à cette offre, mais à la lueur qui brillait dans ses yeux je compris qu'il allait accepter.
– Vous me garantissez qu'elle n'a aucun défaut ? dit-il à la fin.
– Des défauts ? Non… Cette voiture n'a aucun défaut, répondit M. Douglas.
Mais, soudain, son regard s'assombrit et son visage devint un masque lugubre.
– Seulement, si vous l'achetez, reprit-il doucement, je vous demanderai un petit service.
– Oui ? dit mon père. De quoi s'agit-il ?

M. Douglas jeta de nouveau un coup d'œil sur la voiture :

– J'aimerais que vous m'en débarrassiez dès aujourd'hui.

Mon père et moi échangeâmes un regard étonné. « Ce type est vraiment bizarre », pensai-je. Et je savais que mon père était de mon avis.

– J'ai déjà préparé les papiers, dit M. Douglas en regardant vers sa maison. Si vous avez votre chéquier, nous pouvons conclure la vente immédiatement.

Mon père hésita une fraction de seconde. Il regarda la voiture et baissa les yeux vers moi.

– C'est d'accord, M. Douglas. Marché conclu !

– Ouais !

Je ne pouvais plus contenir ma joie et je me mis à bondir dans tous les sens.

Mon père allait se diriger vers la maison, mais M. Douglas l'arrêta :
– Je vais chercher les papiers. Attendez-moi ici.
Sur ces mots, il se précipita à l'intérieur, claquant la porte derrière lui.
– Quel homme étrange ! commenta mon père. Pourquoi ne veut-il pas nous laisser entrer ?
– Papa ! Elle est à nous ! La voiture est à nous ! hurlai-je, au comble de l'excitation. C'est... c'est trop magnifique !
Je devais absolument exprimer ma joie, sinon j'aurais explosé. Alors, je bondis sur la pelouse pour exécuter une double roue. À la deuxième, je m'affalai dans l'herbe en riant.
Mon père se mit à rire lui aussi :
– Je suis aussi heureux que toi, crois-le bien. Mais ne compte pas sur moi pour faire des galipettes !
Il m'aida à me relever.
– Je crois que nous avons conclu une bonne affaire, Mitchell, me dit-il, l'air réjoui. Une excellente affaire...

Le soir même, à table, j'étais si excité que je me barbouillai le visage de sauce en mangeant mes spaghettis.
– Dis, papa, on va faire une longue balade en voiture après le dîner ? demandai-je.
– Essuie-toi la bouche, gronda ma mère.
– Alors, on peut ? le pressai-je tout en m'exécutant.

– Nous nous sommes déjà promenés cet après-midi, me rappela mon père. J'ai du travail à la maison. Je sais que tu adores cette voiture, mais nous ne pouvons pas passer notre vie dedans.
– Mitchell veut habiter dans la voiture ! s'esclaffa Todd.
Il rigolait comme s'il avait sorti la blague du siècle.
– C'est peut-être vrai ! rétorquai-je. Et alors ?
– Dis-moi où tu feras pipi ? dit Todd, hilare.
Cette répartie amusa mon père. Pas ma mère…
– Todd, nous sommes à table ! gronda-t-elle.
– Alors juste un aller-retour en ville, insistai-je.
– Non, trancha ma mère d'un air sévère. Tu as des devoirs à faire, et demain il y a école.
Je replongeai le nez dans mon assiette en bougonnant.
– Nous sommes tous très excités, reprit-elle en passant le plat de pâtes à mon père, mais nous allons garder cette voiture pendant un long moment. Nous aurons de nombreuses occasions de nous promener.
– Et si j'allais m'asseoir dedans ? m'écriai-je. Je m'installe juste au volant et je mets la radio. D'accord ?
– Non. Les devoirs, pas la voiture.
Je n'insistai pas. Quand ma mère commence à s'exprimer en phrases aussi courtes, il vaut mieux la prendre au sérieux.
On changea de sujet, et le repas se poursuivit dans la bonne humeur, mais je n'écoutais plus les conver-

sations. Mes pensées étaient accaparées par la voiture, sa peinture métallisée, ses sièges moelleux en cuir, le ronflement du moteur…

Plus tard dans la soirée, je tentai de me concentrer sur mon travail de classe. Peine perdue ! Je ne cessais d'aller à la fenêtre pour admirer le bolide. Papa l'avait garé dans l'allée et je pouvais le voir depuis ma chambre.

Le réverbère de la rue projetait un faisceau de lumière sur la carrosserie effilée, qui scintillait et se parait de teintes irréelles.

À la fin, je n'y tins plus : je devais absolument m'asseoir à l'intérieur.

Je passai la tête dans le couloir et le balayai du regard pour m'assurer que Todd ne se trouvait pas dans les parages. Le sale gosse n'aurait pas hésité à me dénoncer aux parents.

De la musique et des explosions diverses provenant de sa chambre prouvaient qu'il s'amusait à un jeu vidéo.

Je descendis à pas feutrés en rasant le mur pour éviter de faire craquer les marches. Maman était au téléphone dans la cuisine.

Je m'arrêtai en bas de l'escalier. Où était mon père ?

– Ouille !

Un cri suivi d'un juron retentit dans la pièce du fond. M'approchant, je jetai un regard. À genoux, il tentait de raccorder des fils électriques. Soudain, il y eut une étincelle, et mon père poussa un nouveau cri en agitant furieusement sa main. Décidément, il n'était pas doué non plus en électricité.

Retenant mon souffle, je me glissai jusqu'à la porte d'entrée. Quelques secondes plus tard, j'étais dehors. Une rafale de vent glacial me fouetta le visage et s'engouffra sous mon pull. Dans le ciel, la lune pâle semblait voguer parmi de longs rubans de nuages noirs. Je réprimai un frisson, mais aller chercher un manteau était trop risqué. Je me réchaufferais à l'intérieur de la voiture.

J'avançai lentement. La carrosserie luisait doucement à la lumière des réverbères, m'invitant à approcher. Je tendis une main fébrile vers la poignée chromée de la portière du conducteur.

– Viens, chuchota une voix sourde. Je t'attends.

– Quoi ? Qui est là ? m'exclamai-je dans un râle étouffé.

Je regardai vivement tout autour de moi :

– Todd ? C'est toi ?

Non. Il n'y avait personne ; la rue aussi était déserte. Je me précipitai de l'autre côté de la voiture. Personne ne se cachait derrière non plus.

Comme je regagnais le côté conducteur, le murmure s'éleva à nouveau :

– Vas-y. Entre…

– Il y a quelqu'un ? appelai-je.

Non. Sans doute était-ce mon imagination.

J'ouvris la portière sans difficulté. Le blanc crème des fauteuils scintilla à la lueur du plafonnier. À peine installé dedans, je refermai la portière. Je ne voulais pas que l'on remarque la lumière depuis la maison.

EXTRAIT

Je me calai confortablement dans le siège et glissai mes mains sur le volant. Puis j'actionnai le levier de la boîte automatique, le passant dans toutes les positions.

Je me penchai sur le volant, faisant semblant de conduire.

« Je suis un pilote automobile, décidai-je. C'est le dernier tour de circuit. Je remonte tous les concurrents et je passe en tête. » J'étendis ma jambe et écrasai l'accélérateur.

« Vas-y, Mitchell. Fonce ! »

Je tournai le volant, jouai avec le levier de vitesse. Un virage serré. Je le prends à la corde. Dérapage contrôlé.

« Rattrape la voiture de tête ! Contre-braque ! »

Je sors du virage en trombe. C'est la dernière ligne droite. Les tribunes apparaissent. Le juge de course rabat le drapeau en damier.

Victoire !

La foule se lève dans les gradins. Les cris et les vivats se mêlent au vacarme des moteurs. Je repars pour un tour d'honneur !

J'écrasais l'accélérateur quand le porche s'éclaira brusquement. Surpris, je sursautai et m'agrippai au volant. Ramassé sur moi-même, je contemplais, interdit, le faisceau lumineux qui inondait les marches du perron.

Qui avait allumé ? Maman ? Papa ? Il ne fallait pas

EXTRAIT

qu'ils me trouvent en train de jouer dans la voiture. Je devais descendre au plus vite. J'appuyai sur la poignée et poussai.
La portière ne s'ouvrit pas.
J'essayai une nouvelle fois, donnant un coup d'épaule. Rien…
« Elle doit être verrouillée », me dis-je, un peu inquiet.
Je cherchai le petit levier qui débloquait la porte. Pas de levier.
Je passai la main sur la portière, à la recherche d'un mécanisme quelconque d'ouverture et n'en trouvai aucun.
Comment avais-je fait pour bloquer les portières ? Se fermaient-elles automatiquement ?
J'agrippai de nouveau la poignée. Je la levai, la baissai, la tirai vers moi de toutes mes forces. Je pesai de tout mon poids contre la portière. En vain.
– Je veux sortir ! m'écriai-je avec angoisse.

Chair de poule®

1. La malédiction de la momie
2. La nuit des pantins
3. Dangereuses photos
4. Prisonniers du miroir
5. Méfiez-vous des abeilles
6. La maison des morts
7. Baignade interdite
8. Le fantôme de la plage
9. Les épouvantails de minuit
10. La colo de la peur (ancien titre : *Bienvenue au camp de la peur*)
11. Le masque hanté
12. Le fantôme de l'auditorium
13. Le loup-garou des marécages
14. Le pantin maléfique
15. L'attaque du mutant
16. Le fantôme d'à côté
17. Sous-sol interdit
18. La tour de la Terreur
19. Leçons de piano et pièges mortels
20. Souhaits dangereux
21. Terreur sous l'évier
22. La colère de la momie
23. Le retour du masque hanté
24. L'horloge maudite
25. Le parc de l'Horreur
26. La fille qui criait au monstre
27. Comment ma tête a rétréci
28. La rue maudite
29. Le fantôme décapité
30. Alerte aux chiens
31. Photos de malheur
32. Les fantômes de la colo
33. La menace de la forêt
34. Comment tuer un monstre
35. Le coup du lapin
36. Jeux de monstre
37. Nuits de cauchemar
38. Des appels monstrueux
39. Le souffle du vampire
40. Les vers contre-attaquent
41. Le mangeur d'hommes
42. La colo de tous les dangers
43. Sang de monstre
44. Abominables bonshommes de neige
45. Danger, chat méchant !

46. La bête de la cave
47. L'école hantée
48. Sang de monstre II
49. Terrible internat
50. La peau du loup-garou
51. Le jumeau diabolique
52. Film d'horreur
53. L'attaque des spectres
54. La fête infernale
55. L'invasion des extraterrestres, 1
56. L'invasion des extraterrestres, 2
57. Le manoir de la terreur
58. Cauchemars en série
59. Ne réveillez pas la momie !
60. Un loup-garou dans la maison
61. La bague maléfique
62. Retour au parc de l'horreur
63. Concentré de cerveau
64. Sous l'œil de l'écorcheur
65. Halloween, une fête d'enfer
66. Mort de peur
67. La voiture hantée
(à paraître en décembre 2000)

Impression réalisée sur CAMERON par

BRODARD & TAUPIN

GROUPE CPI

La Flèche
en octobre 2000

Imprimé en France
Dépôt légal : octobre 2000
N° d'Éditeur : 6351 – N° d'impression : 4144